NIETZSCHE

CIP-BRASIL. CATALOGAÇÃO NA PUBLICAÇÃO
SINDICATO NACIONAL DOS EDITORES DE LIVROS, RJ

S361n
3 ed.

    Schilling, Voltaire
    Nietzsche : em busca do super-homem / Voltaire Schilling.
– 3. ed. – Porto Alegre [RS] : AGE, 2025.
    94 p. ; 14x21 cm.

    ISBN 978-85-8343-431-3
    ISBN E-BOOK 978-85-8343-424-5

    1. Nietzsche, Friedrich Wilhelm, 1844-1900. 2. Filosofia alemã. I. Título.

19-55256   CDD: 193
                             CDU: 1(430)

VOLTAIRE SCHILLING

NIETZSCHE
Em busca do super-homem

3.ª edição, revista

EDITORA AGE

PORTO ALEGRE, 2025

© de Voltaire Schilling, 2001

Capa:
NATHALIA REAL

Diagramação:
MAXIMILIANO LEDUR

Supervisão editorial:
PAULO FLÁVIO LEDUR

Editoração eletrônica:
LEDUR SERVIÇOS EDITORIAIS LTDA.

Reservados todos os direitos de publicação à
LEDUR SERVIÇOS EDITORIAIS LTDA.
editoraage@editoraage.com.br
Rua Valparaíso, 285 – Bairro Jardim Botânico
90690-300 – Porto Alegre, RS, Brasil
Fone: (51) 3223-9385 | Whats: (51) 99151-0311
vendas@editoraage.com.br
www.editoraage.com.br

Impresso no Brasil / Printed in Brazil

Introdução

Ecce Homo

Já! Ich weiss, woher ich stamme!
Unsgesättigt gleich der Flamme
Glühe und verzehr ich mich
Licht wird alles, was ich fasse,
Kohle alles, was ich lasse:
Flamme bin ich sicherlich

(Sim! Sei de onde venho! Insatisfeito como a chama insaciável/ ardo para me consumir/ Aquilo que toco torna-se luz, carvão aquilo que abandono: certamente sou labareda)

F. Nietzsche – *Der fröliche Wissenschaft*.

Sabemos todos nós ser Nietzsche autor de uma obra impressionante, com muitas janelas e portas para se deixar olhar ou entrar. O interior dela, porém, é imenso e, por vezes, inescrutável. Heidegger, um nietzscheano confesso, disse que ao lê-lo sentia que a poderosa mente de Nietzsche, sempre pulsando, não encontrava as palavras necessárias para expressar-se, havendo nele silêncios estranhos, como se seu cérebro, colossal, procurasse, impaciente, por todos os lados, catar as letras que lhe faltavam para expressar uma ideia ou formar uma ou outra frase. Nietzsche, o filólogo, por vezes, ficou mudo em diversas línguas.

Nessas aberturas encontra-se o filósofo, o esteta, o literato, o crítico, o músico e o ideólogo (que sempre foi o seu lado mais polêmico). A superabundância dos temas que a sua inteligência e sua curiosidade alcançaram é que explicam a quantidade excepcional de interpretações e vivas abordagens que a obra nietzscheana teve no nosso século. Pró ou contra, todo mundo importante das letras escreveu sobre ele. Um dos bons motivos para dele se aproximar é a quantidade extraordinária de escritos instigantes e vivazes que o seu talento estimulou ou provocou entre os homens de letras e de ação em geral.

Por ser um autor oracular, de falar sempre dobrado, ele atraiu leitores os mais díspares: de refinados literatos como Thomas Mann e ensaístas sofisticados como Michel Foucault e Giles Deleuze, a tiranos fascistas como Mussolini (que leu boa parte dos livros dele). Sem esquecermos de mencionar os ideólogos nazistas, como Alfred Rosemberg e Joseph Gobbels, que disseram nele se inspirar.

O impacto que suas concepções estéticas causaram entre os humanistas que cultivavam a ideia da serenidade clássica nunca mais deixou de ter efeito. Nietzsche brigou com o mundo inteiro ao desaforar os principais ícones da cultura e da religião ocidentais. Com toda a razão, um dos seus tradutores para o português definiu-o como aquele que "foi um campo de batalha".

Acusou a dialética minuciosamente racionalista de Sócrates de ter destruído ao que dava substância à maravilhosa encenação que foi a tragédia grega, enquanto viu em Cristo, de resto um homem íntegro, um instrumento nas mãos de fariseus ressentidos e de apóstolos suspeitos. Além disso, ao enfatizar os instintos e celebrar os vestígios de animalismo nos homens, ele, à sua maneira, atacou as pretensões do humanismo de tentar elevar a sociedade a patamares mais elevados do que os que imperam no reino da natureza.

Menosprezou também a importância da História, que havia sido colocada no altar-mor da filosofia de Hegel e de Marx. Defensor do exclusivismo, detestava a ideia kantiana de leis universais inspiradas no imperativo categórico sugerido pelo grande filósofo idealista. Desentendeu-se com praticamente toda a corporação acadêmica da sua época por isso mesmo. E, por propagar o seu ateísmo, os sacerdotes de todas as religiões foram os seus inimigos. E não lhes faltaram motivos. Nem a Lutero ele poupou. Viu no monge alemão a reação de um cristianismo primitivo contra a cultura altamente civilizada e sofisticada da Roma papal do Renascimento.

A intolerância em que o catolicismo então mergulhou, com o índex dos livros proibidos, sua censura e seus tribunais inquisitoriais, nada mais foi do que uma reação legítima em defesa de uma cultura mais refinada, estabelecida pelo Renascimento, perante a barbárie de um protestantismo tosco, anti-intelectual e incivilizado, que teimava em espalhar-se pela Europa.

Devotou um sagrado pavor ao que Ortega y Gasset identificou como o homem-massa, que na época se chamava de filisteu. Durante séculos, desde a Ática antiga, esses tipos insignificantes existiam, sendo sempre desprezados ou merecendo a indiferença dos grandes. O que caracterizava o presente, marcado pela indulgência e tolerância que arrepiava Nietzsche, é que eles haviam adquirido o direito à visibilidade, inflando a sociedade com sua imensa banalidade e inseparável mau gosto. O filisteu é que está por detrás da nova religião da igualdade, tornando-se um fanático da nova fé na democracia.

O sangue lhe subia à cabeça, furioso, com a emergência do movimento feminista nos decênios finais do século XIX. Uma das suas razões de ter simpatia e admiração por Schopenhauer, um dos seus mentores, era exatamente a misoginia daquele. Em seguida, devota um particular horror aos democratas e aos socialistas. Via-os como os cristãos dos novos tempos, iludindo o povo com a promessa de igualdade e fraternidade. Nesse aspecto, Nietzsche foi talvez uma das últimas grandes cabeças a se opor à maré democrática que Tocqueville, ao visitar a América do Norte, nos começos da década de 1830, viu como a força irreprimível do nosso tempo. É a esse homem-massa, ao filisteu e aos seus "gostos" e "valores" que Nietzsche dedicou-se a soterrar, a aniquilar.

Mesmo reconhecendo o declínio gradativo do espírito da autoridade, processo que vinha ocorrendo na Europa desde o fim da Idade Média, ele sequer quis aceitar que em seu lugar adviria o governo das massas. Como Platão, deu-se a supor que haveria ainda lugar para um regime governado pela "oligarquia do espírito".

Nesse aspecto, isto é, do comprometimento ideológico de Nietzsche com o pensamento contrarrevolucionário, registra-se o incrível esforço, realizado ao longo do século XX, por alguns intelectuais esquerdistas, de tentar trazê-lo para a sua seara, chegando ao ponto de desconsiderar abertamente o que o filósofo escreveu e que nunca ocultou de ninguém. Associar Nietzsche a qualquer ideário esquerdista ou socialmente progressista, além de ofender a verdade, é um desrespeito à própria obra dele. Ele abominava gente de esquerda. Como ele mesmo deixou muito claro – "não falo jamais para as massas".

Nietzsche, porém, foi profético em suas previsões a respeito do futuro mais imediato da civilização europeia. Foram inúmeras as passagens ao longo da sua obra em que ele prenunciou o advir do dilúvio para a Europa, que de fato se desencadeou em 1914 com a Grande Guerra e, novamente, em 1939, com a Guerra Total, como por exemplo estas linhas extraídas do prólogo do *Wille zur Macht* (Vontade de potência): "A civilização europeia agita-se desde muito sob uma pressão que vai até a tortura, uma angústia que cresce em cada década, como se quisesse provocar uma catástrofe: inquieta, violenta, arrebatada, semelhante a um rio que quer alcançar o término do seu curso, que não reflete mais, que teme até refletir."

Ou ainda, dando seguimento à mesma percepção, quando assegurou que "haverá guerras como jamais se viu no passado", concluindo que "o tempo para a pequena política tinha passado, o próximo século [o século XX] trará consigo uma luta pelo poder em escala mundial – será a compulsão pela grande política".

Em sequência a Schopenhauer, uma das mais reconhecidas influências, ele também não depositava esperanças numa ascensão da humanidade propiciada pela tecnologia ou pelo progresso social. Para ele, como para o célebre pessimista, mesmo a prosperidade alcançada pela industrialização não removia a sensação miserável da condição humana que acompanha o homem do princípio ao fim da sua existência.

Pode-se até conjecturar que ele não viu na melhoria geral das condições de vida das populações urbanas do final do século XIX uma das razões, a seu ver perigosas, de os filisteus virem "a invadir tudo", a tomar de assalto os espaços antes ocupados pelos eleitos.

Nada, porém, do que politicamente defendeu sustentou-se. A democracia, as propostas sociais dos socialistas, a emancipação feminina, o cuidado com as expressões das minorias étnicas, mesmo que pouco importantes sob o ponto de vista cultural, terminaram por se impor, pelo menos a partir da segunda metade do século XX.

Se Nietzsche, vivo ainda fosse, andasse nas ruas de uma megalópole do nosso tempo, à vista da permanente exposição dos horrores estéticos de uma sociedade de massas, ele seguramente teria uma síncope. Cidade para ele era Turim, onde um estilo arquitetônico aristocrático conseguia conviver com um parlamento eleito por burgueses.

Nada mais distante do seu ideal de respeito ao bom gosto clássico do que predomina nas nossas avenidas, tomadas por néons ordinários e painéis de publicidade, ou o que se vê pendurado nas paredes de uma galeria de arte dos nossos dias. Imaginem só aquele pobre solitário que adorava ir para as montanhas dos cantões suíços ter que caminhar em meio a turba citadina de agora!

Exatamente é essa sua defesa intransigente do individualismo, ainda que de raiz elitista, aristocrática, que fascina muita gente. Lê-lo agora, como muitos o fizeram em tempos anteriores, é refúgio e consolo frente a um mundo padronizado, monotonamente igual. Por outro lado, simultaneamente ao predomínio político e dos valores culturais do homem-massa, se é que podemos assim chamar, nota-se uma furiosa idolatria à celebridade, à personalidade famosa, aquele que de alguma forma conseguiu escapar do terrível anonimato a que a imensa maioria está condenada. Poderíamos arriscar entender a celebridade de hoje como um *erzats* do super-homem de Nietzsche?

Então, se tudo o que ele disse não se confirmou ou não se assentou no século que passou, qual o motivo da sua presença quase que constante nas livrarias e nas teses dos intelectuais de hoje? Antes de tudo, suas qualidades como escritor. Nietzsche é um dos grandes nomes da literatura mundial.

Mas Giles Deleuze aponta ainda uma outra razão. A modernidade iluminista provocou com seu extraordinário desenvolvimento uma forte suspeita sobre seus fins últimos. A corrosão trazida pelo próprio progresso fez com que fosse preciso resgatar outras formas de filosofar que não as comprometidas diretamente com os ideais de infinito bem-estar, as que mantiveram distância ou desconfiança no progresso à *outrance*.

Se bem que Nietzsche não tenha se consagrado como poeta, apesar do extremo vigor da maioria das suas estrofes, revelou-se um dos melhores prosadores de filosofia e de crítica cultural de todos os tempos. Ele oferece intermináveis *insigths* para qualquer mente curiosa e dotada de sensibilidade, além de ter abastecido o mundo literário com imagens e cenas poderosas, que foram exploradas por múltiplos escritores das mais diferentes nacionalidades e procedências. E, de uma forma definitiva, original e irreproduzível, ele ensina a ver o mundo de uma maneira diferente do que a convencional.

Apesar de os críticos considerarem o seu ensaio derradeiro, o *Ecce Homo*, como exposição de um alucinado e não mais de um pensador coerente, encontra-se no capítulo final dele um parágrafo amostrar que, mesmo tendo rumado da solidão para as trevas ele tinha ainda consciência do que o seu pensamento iria provocar no século que se anunciava. Diz ele: "Conheço minha sorte. Alguma vez o meu nome estará unido a algo gigantesco – de uma crise como jamais houve na Terra, a mais profunda colisão de consciência, de uma decisão tomada, mediante um conjuro, contra tudo o que até este momento se acreditou, se exigiu, se santificou. Eu não sou um homem, eu sou dinamite." De fato, Nietzsche declarou guerra à tradição do pensamento ocidental.

Este livro, concentrado basicamente na figura-chave do pensamento dele, o super-homem, preocupou-se em explorar todas as possíveis vertentes que influíram na construção daquela figura emblemática da filosofia e da concepção de vida de Nietzsche. Assim, perdoe-nos o leitor por não ter-se saltado pela janela da estética ou entrado pela porta da crítica cultural que ele deixou aberta na sua obra. Contentem-se, pois, com a genealogia do super-homem tal como ele se encontra no Zaratustra. Afinal, como ele mesmo deixou registrado no prefácio do *Ecce Homo*: "Entre os meus escritos, meu Zaratustra está sozinho. Com ele dei à humanidade o maior presente que ela jamais recebeu."

Fazer um livro é ofício merecedor dos rigores de um artesão. Igualmente houve uma preocupação em encontrar-se a linguagem mais adequada para tornar acessível a complexidade do pensamento nietzscheano. Exercício intelectual que, como é sabido, não é fácil de ser executado. Recorreu-se a certas expressões do filósofo em alemão mesmo, sempre acompanhadas pela sua possível tradução em português, porque assim permite-se ao leitor, vista a ambiguidade do seu significado, procurar, se assim entender, uma forma mais adequada para a correta interpretação. Livra-se também os leitores das cansativas notas de pé de página, com as inevitáveis localizações das citações, hábito pedante que os escritores sérios adquiriram no século passado (porque começaram a duvidar da integridade deles) e que, infelizmente, ainda está longe de algum dia poderem a vir abandoná-lo.

Sumário

1 – TRAÇOS BIOGRÁFICOS 15
   Vida de cigano 15
   Uma só escassa paixão 16
   O caso Wagner 18
   Um estranho escritor 19
   Um pensador impressionista 19
   Loucura e morte 21

2 – AS RAÍZES DO PENSAMENTO DE NIETZSCHE 22
   Em defesa da Cultura 22
   Nietzsche como Anticristo 23
   A rebelião dos escravos 24
   De volta às energias aristocráticas 25
   Nietzsche e a História 26
   Instinto contra a Razão 27
   Em busca do super-homem 28

3 – AS MAIORES INFLUÊNCIAS SOBRE NIETZSCHE 29

4 – DOSTOIÉVSKI E NIETZSCHE 30
   Do homem-deus ao super-homem 30
   O surgimento do homem-ideia 31
   "Se Deus não existe..." 31
   O ser ideológico 32
   Nietzsche e o super-homem 33
   Uma nova ordem 33
   Nietzsche alienado e internado 35

5 – EM BUSCA DO SUPER-HOMEM 36
   Origens mais remotas da decadência 36
   O que fazer? 37
   Quem é o super-homem? 38
   Aproximando-se de Maquiavel 39
   Influência de Darwin 40
   Influência de Dostoiévski 40
   A morte de Deus 41
   A projeção de Nietzsche 42
   Nietzsche e os quadrinhos 43

Confluindo para o super-homem..44
6 – NIETZSCHE FILÓSOFO..46
Uma filosofia para a ação..47
Uma filosofia da solidão..48
O homem é um devir..49
A psicologia de Nietzsche..50
A linguagem do fraco..51
Homem, um animal doente..52
Os negadores da vida..53
A posição da filosofia de Nietzsche..54
7 – OS CINCO TERMOS CAPITAIS DE NIETZSCHE..57
Termo e Significado..57
8 – ESCULPINDO UM NOVO INDIVÍDUO..59
O Homem do Renascimento..59
Um titã a serviço do Progresso..60
O Niilista revolucionário..62
O Catecismo do Revolucionário..63
O super-homem..65
As novas tábuas do super-homem..65
Identificando o super-homem..66
9 – A CONSTRUÇÃO DO ZARATUSTRA..68
Os eleitos por Zaratustra..68
Por que Zaratustra?..70
O Anticristo..71
Viver perigosamente..72
Os companheiros de Zaratustra..73
A transformação do homem..75
O camelo..75
O leão..76
A criança..76
Os inimigos do profeta..76
É tudo um só mundo..78
O filho de Zaratustra..79
A hora de Zaratustra..80
10 – OBSERVAÇÕES GERAIS..82
CONCLUSÕES..87
REFERÊNCIAS..93

1 – Traços biográficos

...Sim, já sei de onde venho... tudo o que tocam as minhas mãos se torna luz e o que lanço não é mais do que carvão. Certamente, sou uma chama!

Nietzsche, 1888

VIDA DE CIGANO

Quem o conheceu naquela época, entre 1880-90, não deixou de comover-se ao vê-lo. Friedrich Nietzsche, devastado por uma miopia de 15 graus, andava como que às cegas, tateando com as mãos ou com a bengala o perigoso espaço embaçado que imaginava na sua frente. Desde que o aposentaram precocemente aos 34 anos da Universidade de Basileia, na Suíça, entregou-se a uma vida de cigano, arrastando-se de uma pensão a outra, de quarto em quarto, por cidades italianas (Gênova, Veneza, Sorrento, Turim), francesas (Nice) ou recantos suíços (Sils-Maria). Se bem que nascido em Röcken, em 15 de outubro de 1844, no

Lou Salomé rejeitou casar com Nietzsche.

coração da Saxônia, pode-se dizer que Nietzsche passou a sua vida adulta mais fora do que dentro da Alemanha.

O pai, um pastor, diziam que talentoso, monarquista convicto e preceptor de princesas, batizou-o com o nome dos reis prussianos – Frederico. Deu-lhe o nome e, infelizmente, também lhe legou a propensão para uma estranhíssima doença mental, que muito se agravou com uma contaminação de sífilis. Era isso que fazia com que, homem feito, madurão, ficasse prostrado na cama por dias a fio, torturado por pavorosas enxaquecas, seguidas de eternas indisposições estomacais e tonturas de toda ordem.

UMA SÓ ESCASSA PAIXÃO

Foi este seu estado lastimoso, sua aparência de cão abandonado, que fez com que uma sua conhecida, Malwida von Meysenburg, uma dedicada senhora casamenteira, que por razões de saúde vivia na Itália, não parasse de arranjar-lhe encontros com umas moças que passavam por seu salão. Era uma luta arrancar aquele misógino do fundo da pensão em que estivesse para que fosse dar uma passeio com alguma daquelas prometidas.

Por uma pelo menos ele se interessou, chegando à paixão. Tratava-se de uma jovem russa, que vivia no Ocidente, chamada pelo exótico nome de Lou Salomé, e por quem ele, inutilmente, se entusiasmou por uns oito meses no ano de 1882. A recusa dela em vir a casar com ele, depois de uma curta estada em comum na Suíça, além de ter gerado uma infernal batalha por correspondência com a irmã de Nietzsche, foi responsável por uma possível tentativa de suicídio por parte dele. Tê-lo rejeitado não a impediu de enviar a ele este belíssimo poema:

Die Schmertz

Wer kann dich fliehn, den du ergiffen hast,
Wenn du die ernsten Blicke auf ihn richtest?
Ich will nicht flüchten, wenn du mich erfasst,
Ich glaube nimmer, dass du nur vernichtest!

Ich weiss, durch jedes Erden-Dasein muss du gehn,
Und nichts bleibt unberührt von dir auf Erden;
Das leben ohne dich – es wäre schön,
Und doch – auch du bist werth, gelebt zu werden!

(A mágoa

Quem poderá fugir se, preso a ti,
sentiu o peso do teu grave olhar?
Nunca fugirei se tu me prenderes,
Não posso acreditar que só destróis!

Deves visitar, eu sei, tudo o que vive,
Nada se subtrai, na terra, às tuas garras;
A vida sem ti seria bela. No entanto
Também a ti vale a pena viver-te)

[De Lou Salomé a Nietzsche, 1882]

Ela, mais tarde, casou-se com o poeta Rainer Maria Rilke e também frequentou o círculo de Sigmund Freud, a quem falou vivamente de Nietzsche ao tornar-se sua discípula e uma das fundadoras do movimento psicanalítico internacional.

O CASO WAGNER

O melhor momento dele, em se tratando de relacionamento pessoal, foi com o gênio da música moderna, o maestro Richard Wagner e com a mulher dele, Cósima, a filha do compositor Franz Lizst, quando frequentou assiduamente, em peregrinações de fim de semana, a mansão do compositor em Tribschen, na Suíça, amizade que começou a desmoronar em 1878, na montagem da ópera *Parsifal*, quando ele farejou no grande mestre da música sinais de concessões ao gosto popular e acenos indiscretos ao cristianismo, religião a qual Nietzsche devotou um ódio crescente. Ao cristianismo e a quem ele acreditava ser sua sucessora, a ideia da Igualdade!

Wagner decepcionou Nietzsche.

Richard Wagner, um egocêntrico assumido, queria que o iniciante Nietzsche, trinta anos mais jovem que o compositor, fosse uma espécie de arauto das suas óperas e não um intelectual independente que "caminhasse junto a ele". Nietzsche, anos depois, disse, numa passagem célebre e carregada de fantasia poética, que os dois, ele e Wagner, eram dois barcos navegando na mesma direção, encontrando-se aqui e ali ao longo da viagem da vida, mas com rotas diferentes, e que, se não se davam bem entre as águas, seguramente o fariam quando se encontrassem num outro lugar. Nos céus!

UM ESTRANHO ESCRITOR

Durante mais de dez anos aquele esquisito professor alemão, que chamava a atenção das pessoas por exibir um caprichado bigodão de cossaco, extremamente míope, trancado com seus livros e papéis em aposentos soturnos, dedicou-se a produzir candentes escritos contra tudo o que era estabelecido e, até mesmo, o que naquela época consideravam não convencional (como o socialismo e o feminismo). Poucos deixam de ler uma página de Nietzsche sem uma forte impressão – a favor ou contra. E que escrita! Ninguém como ele, até então, empunhara o alemão assim, escrito a marteladas.

UM PENSADOR IMPRESSIONISTA

Nietzsche, em suas andanças pelas tão amadas montanhas suíças, ia sempre armado com um lápis e papéis. Mesmo nas caminhadas pelas ruas de qualquer cidade ele levava consigo algo para anotar. "Escrevo apenas com a mão", disse ele num verso "...ora através dos campos, ora em cima do papel". "...Dele, do mundo, só pinto aquilo que me agrada... Aquilo que sei pintar."

Como a um Monet ou a um Van Gogh, era a paisagem, o dia bonito, o sol forte, o céu com poucas nuvens, que o estimulava. Num repente, vinha-lhe uma ideia e ele rapidamente a rabiscava num bloco. À noite, de volta à solidão do seu quarto, tratava de copiar tudo num caderno, para melhor uso no futuro. Nada o fez defender um sistema filosófico ou redigir portentosos tratados éticos ou estéticos, tão comuns ao gosto dos demais pensadores alemães, como igualmente bem pouco do pedantismo acadêmico encontra-se nos escritos de Nietzsche, que, diga-se, não são fáceis de ler.

Ao contrário do que se conhecia como a exposição formal da filosofia, ele recorreu a aforismos, a versos, a frases de linhas curtas, secas, certeiras, agrupadas em parágrafos enxutos, na tradição dos pensamentos de Pascal, das máximas morais de La Rochefoucauld e dos caracteres de La Bruyère, de quem ele herdou a misoginia. Abeberou-se, enfim, do melhor que a prosa francesa produzira em matéria de concisão, por vezes com extraordinária carga emocional, apresentados numa forma desordenada, que ele mesmo reconheceu não serem as convencionalmente aceitas para expressar percepções mais profundas.

Realizou uma façanha: era o primeiro pensador moderno da Alemanha a abominar a paixão nacional pelo texto obscuro (tradição religiosamente respeitada pelos intelectuais alemães, independente das suas posições políticas ou inclinações estéticas). Viu-se na pele de um novo profeta: Zaratustra, o velho mago iraniano, renascido bem no meio da Europa Ocidental, a anunciar a todos que uma Nova Ordem adviria. E nela, malgrado as lamúrias dos crentes, Deus desaparecera! O próprio homem, como conhecíamos, também se evaporaria.

Se, como Charles Darwin sugerira, descendíamos do macaco, o homem de agora não podia deixar de ser senão uma ponte, uma passagem para um outro devir a ser: o do *Übermensh*, o super-homem. Liberto dos entraves do bem e do mal, esse novo ser, um titã, um colosso egocêntrico, conquistaria o futuro do mundo. Uma nova raça de homens, recuperan-

O profeta Zaratustra, voando para Ahura Mazda (o Senhor da Sabedoria).

do e restaurando as autênticas e primitivas pulsões (bárbaras, violentas, extremadas) sufocadas até então pela moral convencional e pelos dogmas da religião, levaria tudo de roldão.

LOUCURA E MORTE

Paradoxalmente, Nietzsche disse, num certo momento, que não queria discípulos. Era sério? Teve-os aos magotes. Endoidou de vez em Turim, em janeiro de 1889, quando acharam-no aos prantos abraçado a um cavalo espancado, perto da pensão onde ele tinha alugado um quarto. Durante os dez anos que restaram da sua vida, afundou-se na densa névoa da demência, cuidado pela mãe e, em seguida, pela irmã, Elizabeth Förster-Nietzsche, que o levou para Weimar, a capital espiritual da Alemanha, onde ele faleceu no dia 25 de agosto de 1900. A sua irmã recolhera-o para lá em 1897, entendendo que somente o sítio de Goethe era suficientemente ilustre para acolher em seus últimos dias o famoso e infeliz irmão louco.

2 – As raízes do pensamento de Nietzsche

EM DEFESA DA CULTURA

Friedrich Nietzsche estava se recuperando na Basileia, Suíça, de uma doença que o atacara na Guerra Franco-Prussiana de 1870 (ao prestar serviço de assistência aos feridos do exército alemão), quando chegou-lhe uma terrível notícia. Em março de 1871, a população de Paris rebelara-se contra o governo derrotado. Pior, os operários estavam pondo fogo nos grandes prédios públicos e depredando as obras de arte espalhadas pela capital francesa, entre elas a bela Coluna de Vendôme. Tratava-se do levante da Comuna de Paris, proclamada no dia 18 de março de 1871, que se tornaria um dos mais violentos levantes populares da Europa do século XIX.

Para ele foi um choque. Ainda estonteado pelas informações que recebera, refugiou-se na casa do historiador da cultura Jacob Burckhardt (1818-1897), o célebre helenista e pesquisador da Itália renascentista, que igualmente se mostrou desconsolado. Acreditaram os dois amigos que aqueles atos de vandalismo eram sinais prenunciadores de que a arte ocidental estava ameaçada. Séculos de beleza acumulados em Paris viam-se a ponto de serem totalmente devastados pelos massas revoltadas. Um dilúvio proletário poderia no vindouro tentar afogar tudo.

Os episódios da Comuna de Paris foram fundamentais para o acirramento das posições políticas de Nietzsche. Onde Karl Marx entendeu um momento de bravura popular, Nietzsche percebeu o surgimento de uma nova barbárie, que era preciso deter a qualquer custo. A Comuna será, pois, o ponto de partida para uma série de escritos que ele desenvolveu ao longo dos vinte anos seguintes e que o colocaria militando entre os partidários antidemocratas, antissocialistas e contra todo e qualquer tipo de pregação que visasse à igualdade, fazendo dele um apologista da exigência da distinção.

NIETZSCHE COMO ANTICRISTO

As medidas a serem tomadas para evitar o assalto destrutivo e vandálico das massas teriam que ser extraordinárias. Requereriam medidas sem contemplação, sem tergiversação, sem protelação. Mas como adotá-las se o clima cristão, piedoso e excessivamente tolerante, que perdurava na sociedade europeia do fim do século XIX, ainda não havia se evaporado?

Pensador da superestrutura, o ataque direto que Nietzsche desencadeou contra o cristianismo radicalizou-se com o seu *Der Antichrist* (O Anticristo), mas a essência do seu ataque foi inicialmente exposta na *Zur Genealogie der Moral* (A genealogia da moral, 1887). Argumentou que a ética cristã era

A destruição da Coluna de Vendôme (Paris, 1871).

uma moral de escravos, de gente fraca e vil, que havia, por meio do cristianismo, desvirilizado o espírito senhorial e dominante dos aristocratas.

A origem desse processo corrosivo de solapamento feito por séculos de pregação cristã foi o enfraquecimento das energias vivificantes da sociedade ocidental, especialmente das suas elites, na medida em que o "doentio moralismo ensinou o homem a envergonhar-se de todos os seus instintos".

A REBELIÃO DOS ESCRAVOS

A rebelião dos escravos derivou da impotência dos cativos em destruírem a escravidão ou o seu sustentáculo, o poder romano. A nova religião – o cristianismo – tornou-se o instrumento deles para canalizar o seu ódio estéril, um "ódio que tinha a contentar-se com uma vingança imaginária". Nada mais emblemático disso do que celebrarem um deus pregado numa cruz, com uma coroa de espinhos à cabeça. O produto desse ressentimento foi fazer com que a "raça inferior e baixa" transformasse tudo aquilo que fosse digno e nobre em algo pecaminoso. Ela fez da prostração e da pobreza uma virtude. A abjeta covardia de dar o outro lado da face em caso de uma agressão foi defendida por ela como um ato sublime de perdão.

O corpo humano, por sua vez, a única fonte do vigor do espírito, foi apontado pelos pregadores cristãos como uma posta de carne pecaminosa, cujas exigências naturais envergonhavam o verdadeiro homem de bem. Portanto, para aplacá-las, era preciso supliciá-lo com castigos, com cilícios e com jejuns, por um nada passar-se fome e sede. Vilipendiar a carne, enxovalhar o corpo, flagelar-se, sofrer, abster-se, rezar, pensavam os sacerdotes, era aplacar as fúrias de Deus.

Cristianismo, religião dos fracos (tela de Mantegna).

Via, pois, o cristianismo, com suas "paixões tristes", como uma doença maligna, de ordem moral, que havia atacado o Império Romano, contribuindo para que ele sucumbisse vitimado pelos bárbaros, corroído previamente por uma espécie de febre das catacumbas. E, pior ainda, "a mentalidade aristocrática" fora minada por ele até o mais profundo de si própria pela mentira da igualdade das almas. Logo, a crença na perigosa e antinatural prerrogativa das maiorias, tão difundida pelos democratas e pelos socialistas, é tributária do cristianismo. São os juízos de valor cristãos que qualquer revolução procura transformar em crime e em sangue. "O cristianismo é a insurreição do que rasteja contra o que tem elevação: o Evangelho dos pequenos tornado baixo."

DE VOLTA ÀS ENERGIAS ARISTOCRÁTICAS

Portanto, os conceitos de bem e de mal, que nortearam a civilização ocidental nos últimos dois mil anos, eram estratagemas dos derrotados, que fizeram a façanha de substituir o *ethos* da nobreza pela moral da gente vil e fraca. Dessa forma, a adesão ao cristianismo retirou da nobreza europeia, enternecendo-a com rogos de piedade, a seiva necessária para aplicar uma política de mão firme para conter o moderno movimento neobárbaro, cuja carantonha havia emergido na Comuna de Paris de 1871. O socialismo não passava de um "cristianismo degenerado [...]. O anarquista e o cristão vêm da mesma cepa [...]." Era preciso, pois, primeiro, expurgar de si essa moral de gente covarde. Retornar às fontes de energia aristocráticas, aplicar, ao livrar-se do vício da compaixão, uma política da impiedade, onde somente o mais nobre e o mais viril fosse tomado em consideração.

"Deus está morto!" Foi sua mais célebre proclamação. Como consequência, os homens deveriam buscar valores que transcendessem a moral convencional divulgada pelo cristianismo; um retorno "à ordem de castas, à ordem hierárquica [...] para a conservação da sociedade, para que sejam possíveis tipos mais elevados, tipos superiores – a desigualdade dos direitos é a condição necessária para que haja direitos". Concluiu dizendo: "Quais são aqueles que mais odeio no meio da canalha dos nossos dias? A canalha socialista, os apóstolos [...] mirando o instinto, o prazer, o contentamento do trabalhador no seu pequeno mundo – que o tornam invejoso, que lhe ensinam a vingança [...]; a injustiça nunca reside na desigualdade dos direitos; ela está na reivindicação de direitos iguais".

NIETZSCHE E A HISTÓRIA

Nietzsche rompeu também com a estreita relação entre a Filosofia e a História, que havia sido estabelecida anteriormente pelos dois luminares do pensamento alemão: Kant e Hegel, que entendiam a história como uma crônica da racionalidade. Ele considerava que "o excesso de história" parecia "hostil e perigoso à vida", limitador da ação humana, inibindo-a.

Saber muita história terminava por ser um impeditivo à ação, porque tal cultura terminava por atuar como um peso morto sobre as possíveis iniciativas a serem tomadas. Admirador e defensor de uma concepção heroica da história, Nietzsche acreditava que os dotados deviam atrever-se, avançar perigosamente para o ilimitado, porque a racionalização histórica levava o homem a "perder-se ou destruir seu instinto, fazendo com que ele não ouse soltar o freio do 'animal divino' quando a sua inteligência vacila e o seu caminho passa por desertos. O indivíduo torna-se então timorato e hesitante, perdendo a confiança em si...", terminando por fazer com que "a extirpação dos instintos pela história transformasse os homens em outras tantas sombras e abstrações". Logo, a cultura histórica nada mais era do que um freio, uma inibição psicológica, impedindo o valente de arriscar. Porém, um tanto paradoxalmente, reclamava que a história cuidasse tão somente das coisas da política, voltando as costas para tantos outros aspectos da vida social (observação que levou Michel Foucault a desbravar outros caminhos, como a história da loucura, dos códigos penais, dos cárceres, etc.).

INSTINTO CONTRA A RAZÃO

Ele recolocou na ordem do dia o confronto que outrora fora posto em cena pelos românticos, quando eles opunham os instintos – geralmente entendidos como manifestação de pureza e de autenticidade do ser humano – à razão, ferramenta do utilitarismo cinzento, interesseiro e materialista.

Em sequência a isso, repugnou-lhe a ideia de que os acontecimentos históricos ensinavam os homens a não repeti-los, defendendo a teoria do eterno retorno, de remota inspiração pitagórica e na física estoica, que compreendia a aceitação de periódicas destruições do mundo pelo fogo e seu ressurgimento. Ao abandonar a visão de uma história evolutiva e progressivamente emancipadora da humanidade, herdeira dos iluministas e de Hegel, retornou à antiga concepção cíclica do paganismo, segundo a qual não só as coisas poderiam acontecer novamente, como permitiam que tudo fosse tentado outra vez, abrindo caminho para todo tipo de aventura política, como de fato veio a verificar-se no transcorrer do século XX.

EM BUSCA DO SUPER-HOMEM

A ideia da necessidade da formação de uma nova elite – não contaminada pelo cristianismo e pelo liberalismo – e que ao mesmo tempo os transcendesse – acometeu Nietzsche desde muito cedo. Pode-se dizer que pensava assim desde os seus tempos de garoto precoce no internato de Pforta, na Saxônia, pois já naquela época mostrou-se obcecado pela formação de uma seleta falange intelectual responsável pela transmutação de todos os valores, cuja obrigação e dever maior era dar proteção a uma cultura superior ameaçada pela vulgaridade democrática.

3 - As maiores influências sobre Nietzsche

Arthur Schopenhauer (1788-1860) – Filósofo do pessimismo, autor do *Mundo como vontade e representação*, edição de 1844, que trouxe ao cenário filosófico a importância da Vontade (Wille).

Jacob Burckhardt (1818-1897) – Historiador suíço, autor de *A civilização da Renascença Italiana*, de 1860, que passou a Nietzsche a ideia da construção histórica da individualidade.

Fiodor Dostoiévski (1821-1881) – Novelista russo, uma das maiores influências literárias de Nietzsche, especialmente pelo contraditório fascínio que o romancista revelou pela psicologia do ressentimento e pela do homem-ideia, pelo niilista, o homem sem Deus da era moderna.

Richard Wagner (1813-1883) – Compositor alemão, autor do mítico *Anel dos Nibelungos* (1853-1874), transposição para a música da saga dos germanos. Nietzsche viu nele um novo Dionísio, um deus da música.

4 – Dostoiévski e Nietzsche

DO HOMEM-DEUS AO SUPER-HOMEM

Os privilégios do homem excepcional

[...] é permitido a todo indivíduo que tenha consciência da verdade regularizar sua vida como bem entender, de acordo com os novos princípios. Nesse sentido, tudo é permitido [...] Como Deus e a imortalidade não existem, é permitido ao homem novo tornar-se um homem-deus, seja ele o único no mundo a viver assim. – F. Dostoiévski – O diálogo com o demônio (in: *Os Irmãos Karamázov*, 1879).

O jovem estudante Raskólnikov angustiava-se no seu pequeno quarto, na verdade uma gaiola desbotada que o sufocava. Cismava, perplexo com a injustiça da situação: como um ser dotado de inteligência reconhecidamente superior como a dele estava reduzido àquela vida miserável, sem tostão e sem futuro, enquanto que, naquela mesma cidade de São Petersburgo, a capital do Império Russo, a bem poucas quadras dali, uma velha usurária, chamada Aliona Ivanovna, podia entregar-se livremente à exploração de desgraçados como ele.

Por que não eliminar aquela parasita inútil e utilizar o seu dinheiro para sair da situação apremiante em que ele se encontrava, salvando também sua mãe e sua irmã, reduzidas ao opróbrio? Foi nessas circunstâncias terríveis que o jovem estudante desenvolveu sua doutrina do "direito ao crime", na qual todo aquele que se sente além das convenções tradicionais acerca do bem e do mal, que se percebe mais forte do que os demais homens, na verdade, tem "direito a tudo", inclusive o direito de eliminar os que considera estorvantes e prejudiciais ao seu objetivo, pois o homem extraordinário deve, obediente às exigências do seu ideal, "ultrapassar certas barreiras tão longe quanto possível".

O SURGIMENTO DO HOMEM-IDEIA

Esta é a essência da novela que Fiodor Dostoiévski publicou, em 1867, com o título de *Crime e castigo*. Alguns anos depois ele manifestaria ainda seu fascínio por esse tipo de personagem, pelo homem-ideia, pelo ateu que vive de acordo com suas próprias regras, indiferente ao sofrimento que suas ações possam provocar.

Tal personagem típico da era moderna reaparece em *Os demônios*, novela publicada a partir de 1870, nas roupagens do jovem aristocrata, o *barin* Nikolai Stavroguin, líder de um grupo subversivo (acredita-se que ele tenha sido inspirado no líder anarquista Bakunin e no seu discípulo, o terrorista Netcháiev), que conspira contra as autoridades no seu lugarejo natal. Para atingir o seu fim, que era atacar e derrubar a ordem social, todos os caminhos eram válidos. Inclusive premeditar o brutal assassinato de um jovem conjurado, um ex-companheiro que se arrependera. Tempos antes, quando morava na capital, Stavroguin não hesitou em praticar pequenos roubos e em molestar sexualmente uma menina.

"SE DEUS NÃO EXISTE..."

Pouco antes de morrer, Dostoiévski voltou novamente a abordar literariamente o comportamento do homem-ideia, pois entendia-o como a encarnação maléfica das pulsões modernas – o ateísmo, o liberalismo, o socialismo e o niilismo, que ameaçavam a sua Santa Rússia, eslava e ortodoxa. Desta vez, esse personagem ressurge nos *Irmãos Karamázov*, de 1879, na figura do filho mais velho de Fiodor Karamázov, Ivan. O pai, o velho Karamázov, um incorrigível libertino, um canalha completo, terminou assassinado por um servo, seu filho bastardo, chamado Smerdiakov. Este confessou que o que o motivara para o crime fora um artigo que ele soube ter sido escrito por Ivan, num jornal da capital, no qual o intelectual defendia a ideia de que "se Deus não existe, tudo é permitido".

Na inexistência de um Criador, de um grande ser moral, Smerdiakov, o assassino, não se enxergou um degenerado, nem mesmo um abominável parricida. Bem ao contrário, viu-se como um homem-deus, ao qual tudo é possível. Aterrorizado pela confissão do seu meio-irmão, atacado por culpas mil, Ivan mergulha numa febre nervosa, na qual, em meio a uma alucinação, até o demônio dialoga com ele.

O SER IDEOLÓGICO

O novelista russo foi o primeiro grande nome das letras do século passado a perceber a emergência do moderno homem-ideia, dos seres ideológicos, os quais vivem, matam e morrem, em função de uma causa desvinculada de injunções religiosas. Como cristão convicto, chegando por vezes ao fundamentalismo, tentou combatê-los, fazendo com que, em seus romances, eles se vissem, os seus personagens niilistas, atacados por terríveis dilacerações depois de terem cometido seus crimes, mostrando-os vítimas de delírios, de convulsões, tendo suas vidas transformadas num inferno.

O jovem Raskólnikov entrega-se à polícia e, no cárcere, ao contemplar uma Bíblia em sua cela, dá os primeiros passos para reencontrar-se com o cristianismo. Nikolai Stavroguin, após deixar uma impressionante confissão, suicida-se, enquanto que Ivan Karamázov simplesmente enlouquece, arrasado pelas consequências do seu artigo ateu.

NIETZSCHE E O SUPER-HOMEM

Nietzsche, porém, um confesso admirador de Dostoiévski, quase no mesmo momento em que o grande russo baixava à sepultura, em 1881, chegou a conclusões totalmente opostas, pois a sua concepção de super-homem é diretamente oposta à dos personagens niilistas das novelas do escritor russo.

Ateu militante, Nietzsche tirou as consequências últimas do homem-deus, não visualizando para ele nenhum grande tormento caso ele seguisse o seu ideário até o fim. Ao contrário, previu a importância dele para o futuro e enalteceu o homem-ideia, que, em função da sua causa, seria uma máquina de insensibilidade, trafegando, altaneiro, bem acima dos preceitos morais do seu tempo. Obediente às novas regras restritas a uma elite, o *Übermensch* teria seu comportamento amoral regulado apenas pela sua inata *Wille zur Macht*, vontade de domínio, e por uma compulsiva sede de vida.

Nietzsche (1844-1900).

UMA NOVA ORDEM

Uma nova casta se formaria em torno de princípios e identificações comuns, uma nova Ordem dos Templários, composta por seres que não só "saibam viver mais além dos credos políticos e religiosos, senão que também hajam superado a moral". Podiam fazer o que lhes desse na telha, sem receio de qualquer tipo de punição supersticiosa, ou serem atormentados pelo sentimento de culpa cristã. As Fúrias, as vingadoras erínias da mitologia grega, não atormentavam o super-homem de Nietzsche. Ele, antes de Freud, aboliu o pecado.

E assim foi feito. Os homens-ideia do nosso século, os nazi-fascistas, os comunistas, os liberal-imperialistas, transformaram nosso mundo numa grande arena ideológica, eliminando dela, sem remordimentos maiores, tudo aquilo que, em algum momento, lhes pareceu adverso, dissidente, parasitário, bizarro, nocivo, atrasado ou banal... A maioria deles sem esboçar remorsos. Nietzsche, em essência, nada mais fez do que transpor para a filosofia o discurso do demônio relatado por Dostoiévski, o que também não lhe causou nenhum constrangimento moral, porque, afinal, se Deus não existe, também não há Satanás.

NIETZSCHE ALIENADO E INTERNADO

Consta que Nietzsche foi internado depois de um estranho acidente em que se envolveu em Turim, em janeiro de 1889. Ao ver da sua janela um pobre cavalo ser brutalmente espancado pelo dono, interpôs-se entre o carroceiro e o animal, envolvendo-o com um abraço, beijando-lhe o focinho em lágrimas. Repetia, inconscientemente, a cena descrita no sonho de Raskólnikov, quando aquele, ainda criança, enlaça e beija a carcaça ensanguentada de uma égua brutalizada por um bando de bêbados. Foi a última homenagem que Nietzsche, já demente, fez à ficção de Dostoiévski. Conduziram-no primeiro para um sanatório na Basileia, do qual foi removido para Naumburg, aos cuidados da mãe. Em 1897, com ela morta, sua irmã Elizabeth levou-o para Weimar, onde faleceu em 25 de agosto de 1900.

5 – Em busca do super-homem

Nietzsche tinha a firme convicção de que a sociedade europeia em que vivia estava atacada por profundos males, cujos sinais de decadência mais evidentes revelavam-se: a) pela expansão do liberalismo (visto como doutrina de uma burguesia senil e covarde, sem energia para reprimir a emergência da nova barbárie); b) por uma sempre crescente demanda por mais democracia, feita por sindicatos e pelo populacho em geral, ao qual se associavam movimentos feministas e outros grupos libertários ("porque, bem sabes, chegou a hora da grande, pérfida, longa, lenta rebelião da plebe e dos escravos, que cresce e continua a crescer"– *Zaratustra*, IV parte); c) pela expansão do império do mau gosto, fosse no teatro, na ópera, na música e nas artes em geral, devido à difusão e à divulgação da arte popular ("É que, hoje, os pequenos homens do povinho tornaram-se os senhores...isso, agora, quer tornar-se senhor de todo o destino humano. Oh, nojo! Nojo! Nojo!"– *Zaratustra* – IV parte, 3).

ORIGENS MAIS REMOTAS DA DECADÊNCIA

Deve-se ao cristianismo, segundo Nietzsche, a origem mais remota da crescente debilitação da elite europeia, responsabilizando-o por ter retirado dela, da antiga casta nobre, a capacidade de retaliação. Reagir, reprimir, oprimir era necessário para afirmá-la como poder. Porém, devido à pregação da tolerância e pelo exercício inútil da piedade, do apelo à compaixão e do perdão, a velha estirpe se enfraqueceu, senilizou-se.

O horror paulino ao sexo nada mais era do que um disfarce do ódio que o cristianismo devota à vida em geral, devido ao sentimento de inferioridade intrínseca daqueles que se ressentiam contra os seus dominadores. A influência dos evangelistas envenenou Roma, contribuindo para a sua decadência ao fazer com que os senhores do império perdessem o elã e a crueldade que era preciso exibir para manter coeso o seu domínio sobre o mundo. Os conceitos de bem e do mal estão superados porque Deus morreu; logo, era preciso encarar a realidade e concentrar a atenção na elaboração de uma outra ética, que se baseasse apenas na força do caráter e da personalidade do indivíduo.

O QUE FAZER?

Pessimista quanto ao tempo presente, a expectativa de Nietzsche, a única esperança que ele vislumbrou para evitar a bancarrota da grande cultura ocidental, ameaçada pelo mau gosto do populacho e pela possível insurreição das massas (como se vira com a Comuna de Paris, em 1871), era aguardar a chegada do super-homem. A ele, a esse novo messias, a esse tipo ideal da nova humanidade emancipada de Deus, estaria reservada a tarefa hercúlea de enquadrar a plebe, reprimindo seus anseios políticos por mais igualda-

O príncipe-tirano, um modelo do super-homem (gravura de S. Dalí).

de e sua total desqualificação estética. O super-homem não existia na época em que Nietzsche viveu, mas, como se vê nas estrofes finais do Zaratustra, profetizou sua chegada. Seria ele quem executaria a transmutação dos valores, fazendo com que "bom" e "justo" voltassem a ser associados a "nobre" e "digno", e não mais a "pobre" ou "humilde", como ocorria na moral cristã.

QUEM É O SUPER-HOMEM?

Esse poderoso e tão popular personagem, reintroduzido nos tempos modernos pela literatura nietzscheana, derivou do romantismo alemão (com sua confessa celebração do gênio, do indivíduo dotado de virtudes incomuns), mas também da secularização da mitologia, encarnada por um Prometeu redivivo, já assinalado por Goethe. O gênio é uma força irracional; trata-se de um fenômeno da natureza, quase divino e absolutamente extraordinário. Assim enalteceram-no Goethe, Fichte e Hegel (que conviveram com Napoleão Bonaparte, refletindo sua forte influência sobre tudo). Ele se encontrava bem acima dos demais mortais, sendo característico dele usar os outros seres humanos apenas como marionetes ou degraus para sua ascensão. O gênio antes de tudo é um forte, um aristocrata (não no sentido de sangue, mas de personalidade), um egocêntrico que faz suas próprias leis e regras e que não segue as da manada. Além dessa vertente histórico-literária, o super-homem nietzscheano pode ser visto também como o resultado último da uma concepção evolucionista. Se, no passado remoto, como ensinou Darwin, fomos precedidos pelos símios, sendo o homem do presente apenas uma ponte, o futuro seria irremediavelmente dominado pelo super-homem.

APROXIMANDO-SE DE MAQUIAVEL

Amo os valentes; mas não basta ser espadachim – deve-se saber, também, contra quem sacar a espada!

Zaratustra

Nietzsche, com sua admiração pelas personalidades fortes, determinadas a tudo, homens audazes e arrojadíssimos, alinhou-se a Maquiavel. Ambos manifestaram sua preferência pelas personalidades titânicas que povoaram a época renascentista. Audazes, egoístas, incorrendo no crime e na mentira, artistas do embuste e do engano, vivendo perigosamente entre a vida e a morte, aqueles tiranos, tais como César Bórgia (1476-1507) ou Giovanni de la Bande Nere (1498-1526), que, somados aos Médicis de Florença, eram capazes de, ao mesmo tempo que cometiam as piores barbaridades, proteger, estimular e patrocinar a mais esplendorosa manifestação artística que a Europa conheceu – a cultura do Renascimento. Paralelo a eles, compartilhando o mesmo cenário dos príncipes mecenas e *condottieros* italianos, celebrou o artista-tirano, o aventureiro à Benvenuto Cellini (1500-1571), que juntava a sua habilidade com a espada e o lidar com venenos ao mais refinado bom gosto artístico.

Logo, uma das conclusões a que Nietzsche chegou, ao interessar-se por aqueles tipos de capa e espada, exibicionistas que se vangloriavam de si, é de que em nome da preservação e do deleite da arte superior, perene, magnífica, qualquer sentimento ético ou humanitário passava a ser desprezível, senão mesquinho. No caso deles, a modéstia era hipocrisia. As atribulações daqueles príncipes, com os quais simpatizou, lhe chegaram ao conhecimento por meio da cultivada amizade que ele estabelecera com Jacob Burckhardt, quem escrevera um ensaio clássico sobre o tema: *A civilização da Renascença Italiana*, aparecido em 1860.

INFLUÊNCIA DE DARWIN

O darwinismo, difundido largamente após a publicação, em 1859, da *Origem das espécies*, ensinou que a Natureza é amoral. As possibilidades da existência dos seres e das espécies não é determinada por critérios éticos, nem pelas regras do Bem e do Mal defendidas por qualquer religião. A seleção dos mais aptos não se faz obedecendo aos princípios morais, mas sim pelo desenvolvimento da capacidade de sobrevivência e de adaptação. A sobrevivência deve mais à biologia, às reservas genéticas, do que à moral ou aos primados da fé.

As consequências lógicas extraídas dessa visão naturalista da existência, aplicadas à sociedade em geral, conduzem à eugenia de Francis Galton (autor a quem Nietzsche professava sua maior admiração), não podendo ser outra senão ter que concordar que somente os mais capazes têm direito à vida. Aos fracos cabe um destino inglório: a morte ou a submissão! – "o fraco não tem direito à vida". Nietzsche, de certa forma, ainda que com desavenças, elaborou a metafísica do darwinismo, fazendo da sua filosofia uma espiritualização da teoria da seleção das espécies e da vitória do mais capaz, defendida pelo grande naturalista.

INFLUÊNCIA DE DOSTOIÉVSKI

Nietzsche impressionou-se com a obra de Dostoiévski, o criador do personagem niilista radical, que, por sua vez, era inspirado no *raznochintsy*, o solitário homem-ideia, que rompera com todas as convenções, um produto sociopolítico do Movimento Narodniki, o populismo russo do século XIX. Personagem vivamente extraído da realidade russa do tempo do czar, é um ateu e materialista, que vive em função de uma causa, a quem ele se dá integralmente, ao estilo de Netcháiev.

Por ela, pela causa, dedica a sua vida, fazendo ele mesmo suas regras. Nietzsche, ao contrário de Dostoiévski, não lamentou o surgimento desse novo "animal-político", o niilista que vaga pelo mundo como um lobo solitário a serviço de algo que ele mesmo elegeu como razão de ser da sua existência. Exalta-o como um exemplo do super-homem que não se detém perante qualquer prurido moral na concretização dos seus objetivos, sejam eles quais forem.

Tal personagem fantástico assume na totalidade as implacáveis consequências de um mundo sem Deus, tirando disso as devidas conclusões morais. Defendendo a emergência de uma nova ética, baseada nas virtudes do homem superior, vive completamente afastado das massas, sempre aferrado à sua tarefa de impor uma nova atitude perante a vida.

A MORTE DE DEUS

A morte de Deus foi um fenômeno anunciado desde o Iluminismo, quando os filósofos das luzes retiraram de Deus qualquer associação com a ordem social ou moral, inventando o Deísmo. Uma inteligência puramente abstrata. No lugar do Deus único dos cristãos, colocaram o Grande Geômetra de Newton. Uma força física, um organizador do mundo, que não tinha nenhuma influência nos destinos da humanidade. Esse entendimento radicalizou-se ainda mais na física de Laplace, que, com o seu *Tratado da Mecânica Celeste,* popularmente conhecido como a teoria da nebulosa, dispensou Deus da própria criação. Nem mais como força impulsionadora do Cosmo a moderna ciência aceitava Deus.

Kant, por sua vez, escondeu-se atrás do agnosticismo, reconhecendo que a deidade habitava uma esfera fora do alcance da razão. Logo, bem afastado do interesse da inteligência moderna. Hegel, também tocado pelo Iluminismo, mudou-lhe o nome para Espírito Absoluto. Feuerbach assegurou que Deus, e todo edifício estelar em que ele mora, nada mais é do que a projeção alienada do homem infeliz que, com a carência de tudo na Terra, da felicidade, da igualdade, da paz e da bonança, atribuiu estarem no céu todas essas virtudes.

Marx identificou-o com um estupefaciente. Um consolo manipulado pela classe dominante. A crença em Deus era o ópio do povo. Comte, o sábio positivista, imaginou erguer um templo a um religão sem Deus, ou melhor, entronizou o Progresso no seu lugar.

Desta forma, um a um, os grandes homens do século XIX, aos quais ainda se juntaram Pasteur e Freud, baniram Deus da ciência e do coração dos bem pensantes, restringindo-o tão somente a uma crença dos pobres de espírito. Cada um daqueles grandes homens, ao seu modo, "matou Deus". Coube a Nietzsche, um dos últimos elos da cadeia, tirar as consequências morais e éticas deixadas pelo grande vazio de uma Terra abandonada pela deidade.

A PROJEÇÃO DE NIETZSCHE

Politicamente, ele foi acolhido com simpatias tanto por anarquistas, na linha de Max Stirner (1806-56), que celebravam por meio da leitura dele o indivíduo-absoluto (o homem solitário, quase uma fera, que enfrenta a sociedade burguesa à qual vota desprezo e ódio), como pelos nazi-fascistas, com a identificação com a teoria de uma elite de homens fortes dotados de vontade de domínio (uma nova raça superior liderada pela besta-fera ariana, dominadora e implacável).

Seja como for, em se tratando de ideologia, são os extremistas que cultuam Nietzsche, não os democratas. O mesmo evidentemente não ocorre com os literatos e com os filósofos, tais como Heinrich e Thomas Mann, ou, mais recentemente, com Michel Foucault, que, independentemente das inclinações contra-revolucionárias de Nietzsche, reconheceram nele uma fonte inesgotável de percepções originais, estéticas e existenciais, todas elas relevantes, e que muito contribuíram para a compreensão do homem moderno e para os fenômenos artísticos e políticos que marcaram o século XX.

O tirano não tem palavra (gravura de S.Dalí).

NIETZSCHE E OS QUADRINHOS

Suprema ironia deu-se com a ideia do super-homem – tornada popular com a ascensão de Hitler e dos nazistas ao poder na Alemanha dos anos trinta –, pois tal personagem imaginário terminou por cair no agrado popular. Para bem possível escândalo de Nietzsche, se vivo ainda fosse, surgiram nos Estados Unidos, a partir dos anos trinta, uma série de *comics* de heróis em quadrinhos dotados de poderes extraordinários, indiretamente inspirados no que Nietzsche idealizara como o ser do futuro.

O mundo inteiro, desde que Jerry Siegel criou o personagem, em 1933, foi inundado por uma enxurrada de revistinhas com historietas ilustradas, impressas em papel ordinário, que fizeram por adulterar completamente o sentido original do super-homem. De certa forma, ocorreu uma transvaloração ao revés, que fez com que um personagem, fruto da ideologia elitista e exclusivista de Nietzsche, acabasse, depois de apropriado pela indústria da cultura de massas, transformando-se num ícone cultuado pelas multidões de jovens anônimos do nosso século – o *Superman*. No final das contas, as massas consumistas canibalizaram o super-homem nietzscheano.

CONFLUINDO PARA O SUPER-HOMEM

Eu assento minhas coisas no Nada (Ich hab, mein Sach' auf Nichts gestellt) – Max Stirner – *O Eu e o seu próprio*, 1845.

Podemos, em síntese, identificar quatro origens na configuração nietzscheana do super-homem:

a) a mitológica, advinda da Grécia antiga: inspirada em Prometeu, o titã que ousou desafiar os deuses olímpicos, passando a viver de acordo com seus princípios;
b) a do renascimento italiano: o príncipe maquiavélico, o tirano que se utiliza operacionalmente dos valores morais em função do poder;
c) a do romantismo alemão: a presença do gênio, concepção do romantismo alemão, a grande personalidade que se con-

fronta com sua época e vem anunciar um novo tempo, uma nova época, indiferente aos clamores contrários que provoca;

d) a da literatura russa: exemplificada pelo personagem niilista, o raznochintsy, aquele que estava fora do sistema de castas da Rússia Czarista e que, revoltado, empenhava-se com fervor em torno da causa.

6 – Nietzsche filósofo

Coube a Kant definir a existência de dois tipos de filosofia: a acadêmica, comprometida com um sistema de conhecimento racional, presa aos interesses específicos dos pensadores e dos profissionais, e a mundana, que abrange a todos, que não tem limites em suas ambições. A primeira é, antes de tudo, um exercício técnico, professoral; a segunda, literário e ideológico, geralmente provocando enormes ressonâncias na sociedade. Evidentemente que Nietzsche preenche inteiramente o segundo quesito.

A filosofia do super-homem busca as alturas.

A prosa dele poucas vezes recorre aos conceitos reconhecidos como "oficiais" da filosofia tradicional; quanto à terminologia científica que ele usou, essa quase sempre aparece oculta atrás de uma roupagem poética ou mesmo sacerdotal. Viu a filosofia não como uma atividade especulativa, um estiolado exercício intramuros feito por um especialista, apartado das coisas da vida, mas "uma procura voluntária" até das "coisas mais detestáveis e infames". Uma "peregrinação através dos gelos e do deserto" atrás de uma "história secreta", por meio de "um olhar diferente do que até agora se filosofou".

UMA FILOSOFIA PARA A AÇÃO

A filosofia dele não é apenas iconoclástica no sentido de propor a "quebra das tábuas" ou de apresentar uma outra leitura da tradição do pensar ocidental (quando, por exemplo, aponta Sócrates como "decadente"); também o é no sentido do próprio filosofar. Nada mais distante dele do que a recomendação estoica da ataraxia, a procura da quietude, do ócio reflexivo, do apartar-se das paixões. Ou ainda da recomendação de Spinoza para que a conquista do entendimento se faça sempre acompanhada de um não ao riso, ao deplorar e ao detestar.

Ela, a doutrina nietzscheana, clama por movimento, é uma convocação a toque de caixa e clarim de todas as energias vitais do indivíduo superior, ela mesma é uma pulsão incessante. Nesse sentido, é anti-intelectualista por excelência. Ao acentuar o ato e não a reflexão ou a meditação (que aliás é uma prática abolida do seu receituário, por ter "sido posto em ridículo o cerimonial e atitude solene do que reflexiona"), privilegia o "experimental", como ele mesmo definiu sua filosofia. Se há indecisão entre Apolo e Dionísio, entre a razão e a emoção, ele recomenda seguir o deus das bacantes.

Nesse nervosismo para cumprir com a obra (com a qual todo seguidor de Nietzsche obrigatoriamente deve comprometer-se), "uma máquina em movimento contínuo", a racionalização torna-se um impedimento, um freio intelectual a ser desativado. Não que a razão seja dispensada, mas, sim, que ela apenas deverá servir como um instrumento da ação, e não para atravancá-la. Contrapondo-se à cruz, recordação do martírio e da resignação, os símbolos mais precisos do seu filosofar são, de longe, a **ponte** (a travessia, o ir para o outro lado, o transcender) e o **trapézio** (a busca do perigo, do risco, de tentar viver no limite máximo das experiências possíveis), para fazer da vida uma grande aventura. Assim, despreza os que o acusam de fomentar a *húbris*, o excesso de ação, a falta de limites, o exagero. Melhor isso do que o tédio.

UMA FILOSOFIA DA SOLIDÃO

Heidegger disse ter sido Nietzsche o primeiro a conceber metafisicamente o momento em que "o Homem se apressa a assumir o poder na Terra na sua totalidade". Sobre esse novo homem, sobre esse super-homem, recaem, pois, todas as responsabilidades. Ele não tem mais para quem apelar, tal como o último dos homens ainda fazia no santuário em ruínas do seu Deus morto.

Logo, deve fazer crescer dentro de si forças vitais e existenciais extraordinárias: "Sobe, pensamento vertiginoso, sai da minha profundidade!".... "O meu abismo fala. Tornei à luz a minha última profundidade!"(*Assim falou Zaratustra*, III, 1). Não poderá, esse espírito livre, ter contemplação com suas fraquezas, ter compaixão dos outros ou de si; isso lhe é inominável. A palavra de ordem é endurecer! Fazer do seu interior, do corpo e da mente, uma intransponível couraça, capaz de desviar de si o sentimentalismo e a piedade.

Para Nietzsche, afinal, sempre pareceu inaceitável a existência de um Deus todo-poderoso que se deixasse levar por preces, ladainhas ou louvores dos humilhados e ofendidos.

O ser imaginado por Nietzsche tem um fim em si mesmo; ele é a fonte exclusiva da sua energia, ele é o seu próprio consolo, porque, afinal, "Deus está morto!" De onde, entretanto, extrair firmeza para o extraordinário desafio que é viver num mundo sem Deus? A quais reservas humanas evocar? Justamente aquelas, as mais ocultas, as que foram sufocadas pelos valores religiosos e pela racionalidade dos metafísicos, às virtudes do instinto, da preservação, da agressão, "o lado mais poderoso, mais temível, mas verdadeiro da existência, o lado em que sua vontade mais exatamente se exprime". Devem-se explorar esses interiores, "nossas plantações e jardins desconhecidos"... pois "somos todos vulcões esperando a hora da erupção". Esse titã solitário e viril, tal como um deus de si mesmo, busca então as alturas para fugir do ar empestado pelas multidões e pelo agito dos mercados, procurando lá em cima, nas estratosferas, a companhia das estrelas. É com ele que as águias se identificam.

O HOMEM É UM DEVIR

Seguindo a lógica de Darwin, que via as espécies em luta permanente para se manterem e se adaptarem, afirmou que o homem "é um animal ainda não definido", é algo que ainda está em construção. Não obedecendo ao desígnio divino, mas, sim, às suas pulsões e aos instintos de sobrevivência, de uma natureza humana que ama lutar, o homem faz a si próprio. Fazendo do *agón*, do combate, a sua razão de ser, até mesmo o conhecimento superior que adquire resulta de um duelo, provido que foi pela faísca resultante do entrechocar das espadas. Ao redor dele tudo é uma guerra civil, contra os outros e contra as adversidades em geral. Ele é um perpétuo superador de si mesmo.

Portanto, ele não vê na Natureza uma mãe dadivosa e boa como Rousseau a imaginou, mas sim uma madrasta que ao mesmo tempo que lhe permite a vida é avara nas suas benesses: exuberante na sua licenciosidade mas mesquinha nos seus benefícios. Exatamente por isso, a conquista tem um preço e um sabor incomparável. A decisão de enfrentar as coisas, porém, não é uníssona nem traz resultados iguais. Alguns, os fortes, se decidem e vencem; outros não: os fracos, os covardes. Merecem eles viver? Cabe à árvore da vida, pergunta ele numa estrofe terrível do Zaratustra, suportar em seus galhos esses frutos inúteis, bichados, estragados, sem esperar que nenhum vento salutar os abale e os derrube?

A PSICOLOGIA DE NIETZSCHE

A teoria do ressentimento como expressão dos vencidos da vida é uma apreciável, se bem que questionável, contribuição de Nietzsche à psicologia moderna. Tomou-a da leitura que ele fizera do *O homem do subterrâneo*, de Dostoiévski, um relato tortuoso de um misantropo neurótico. Se Hegel estruturou sua concepção da hierarquia social e da formação do estado a partir de um duelo primeiro, onde o vencido, para manter-se vivo, aceitava ser escravo e reconhecia no vencedor o seu senhor (in: *Fenomenologia do espírito*, 1807), Nietzsche também irá remontar a um hipotético duelo para extrair outras consequências.

O embate dele deu-se na Palestina, no tempo da ocupação romana, ao redor do século I, quando a casta de sacerdotes judeus, impotentes em derrubar o conquistador, destilou para todos os lados o veneno do ressentimento. Tudo aquilo que era associado ao romano, o que era visto como nobre, altivo, corajoso, passou a ser denunciado como "mau". Por outro lado, o que era vil, fraco e covarde, pareceu-lhes ser "bom". Assim, por meio dessa sutil e corrosiva artimanha, deram começo ao trabalho de erosão, visando a atingir a solidez psicológica do vencedor. Passado algum tempo, os vencedores, os nobres romanos, minados por esse discurso dos cupins sacerdotais, deram-se por vencidos. Abdicaram dos seus princípios. Era o que até então lhes dava coragem. Ausente esta, capitularam frente à barbárie invasora.

A LINGUAGEM DO FRACO

Havendo uma linguagem do forte, há, por sua vez, uma do fraco, uma linguagem de rebanho – o amargo falsete ressentido dos cativos. É dela que se deve precaver, pois é um discurso rancoroso, que atribui todas as desgraças do mundo e da sua vida aos outros. Incapaz de assumir a sua responsabilidade pessoal (atributo apenas dos fortes), o medíocre, o pequeno, o de "alma estreita", transfere a causa dos seus inúmeros fracassos e decepções a tudo o que está além e acima dele (para Deus ou para o diabo, aos nobres, ao patrão, etc.).

O sentimento melindrado do rebanho, expressão coletiva do ordinário e do baixo, perseguidor, invejoso, volta-se então contra o que se destaca, para o excepcional, acusando-o com dedos numerosos e trêmulos de não ter desabado e sucumbido na vida como os demais. Condena o rancor, igualmente, "as paixões que dizem sim": a altivez, a alegria, o amor do sexo, a inimizade e a guerra, enfim "tudo o que é rico e quer dar, gratificar a vida, dourá-la, eternizá-la e divinizá-la, tudo o que age por afirmação".

Interessa constatar que Nietzsche foi um arguto observador das terríveis mazelas e distorções psicológicas que a dominação provoca sobre um ser humano.

De certo modo, ele inverteu o primado marxista segundo o qual as idéias dominantes são as da classe dominante. Para Nietzsche, ao contrário, são os dominadores, com seus ideais elevados e superiores, que devem se precaver contra as nocivas e debilitadoras vozes dos dominados, pervertidos que foram exatamente por terem sido de alguma forma oprimidos; o pegajoso lodo plebeu, segundo ele, que tudo envolve, invade e abala.

HOMEM, UM ANIMAL DOENTE

O dominado, o pequeno, o plebeu, é um ser aviltado. Ele não tem palavra nem se guia pela verdade. Vive de estratagemas, quase todos bem longe do que poderiam ser considerados como dignos ou honrados. Isso, por sua vez, fez com que Nietzsche denunciasse a existência de um universo externo, que reprime o indivíduo superior, sufocando ou inibindo suas pulsões mais nobres e autênticas.

Acima dele tal opressão advém do discurso moral instituído, religioso ou metafísico, que procura diminuí-lo, imobilizando ou impedindo suas iniciativas naturais. Abaixo dele é o rebanho lamurioso que, invejoso dele, monta armadilhas para fatigá-lo. O resultado dessa dupla ação negativa, da moral religiosa associada ao ressentimento plebeu, é que faz com que as pulsões naturais, fonte das virtudes maiores e melhores que abastecem o indivíduo talentoso em seu destemor, impossibilitadas de virem a se realizar, barradas, voltem-se para o seu interior, corroendo-o, aviltando-o, sufocando-o.

E o que diz essa acusação opressora? Que tudo aquilo que percorre no íntimo do humano, que seus instintos e fantasias outras sugeridas nos seus sonhos, são em geral coisas pecaminosas, indignas, profanadoras de uma pureza que ele deveria preservar para poder salvar-se. Que, dizem-lhe ainda mais essas vozes filisteias, a busca do ser bem-dotado pela afirmação pessoal e pelo exercício legítimo das suas qualidades nada mais é senão o pecado do orgulho, da *húbris* dos gregos, de ambição desmedida.

O resultado disso, dessa crueldade para com a parte melhor da própria espécie, é que o homem de qualidades, psicologicamente mutilado, "torna-se um animal doente", alguém eternamente atormentado por ter que viver com uma carnalidade e sensualidade latente, exigindo coisas que ele sempre terá que negar, ocultar, contornar e sepultar. Obrigam-no, assim, a rastejar frente a deuses que ele pensa que o julgam culpado.

OS NEGADORES DA VIDA

Ainda que por outro ângulo ideológico, Nietzsche, no seu combate ao sacerdote, segue a tarefa da Ilustração. Para ele, não se trata somente de alguém, fosse o padre ou o pastor, que vive da exploração da superstição e da crendice dos simples, que quer manter o povo na ignorância para usufruir o prestígio e poder que a posição clerical lhe confere. O homem de batina para Nietzsche é algo ainda pior. É um inimigo da vida; ele persegue com denodo toda e qualquer forma de expressão de autenticidade, de criatividade, de sensualidade, denunciando-a como fruto da petulância e da arrogância, tratando-as como um pecado.

É, portanto, uma cultura religiosa milenar, herdada dos mandamentos judaicos e do clericalismo romano, estruturada nos mandamentos do "Não!" ("Não invocarás... não roubarás... não matarás, etc.), que deve ser denunciada em favor de uma doutrina da afirmação, que enfatize um altissonante "Sim!"

Ele, o sacerdote, a pretexto de salvar a alma, é o responsável pela doença do homem. Com a morte de Deus, a existência do bem e do mal se volatilizou, a prédica religiosa não tem mais nenhum sentido. Mantê-la apenas prolonga o mal-estar entre os humanos de hoje. Aconselhar a mansidão, a humildade, a tolerância e a caridade só avilta ainda mais as gentes pobres, além de envergonhar os homens de força e talento que, por uma eventualidade qualquer, se encontram naquele meio. Os sacerdotes, ao desconsiderarem serem os humanos portadores de uma exuberância animal, inibem ou mutilam as mais autênticas potencialidades criativas que os homens possuem.

Conclamou assim que Jesus Cristo crucificado, ícone da dor e do sofrimento, fosse sucedido por Dionísio, o deus pagão da alegria, do delírio místico, que vem para celebrar e regozijar-se com a vida. Afirmou que a coroa de espinhos que apresilhava a testa sangrada do galileu devia dar lugar aos jocosos chifres do deus-bode dos velhos pagãos. Que, enfim, o inspirador da castidade, da abstinência e do jejum cedesse seu nicho ao estimulador do frenesi, da sensualidade e do exagero. O messias do "não" deve ser superado pelo messias do "sim". Em termos freudianos, trata-se da libertação do id e do ego das imposições do superego.

Dionísio, o deus da folgança.

A POSIÇÃO DA FILOSOFIA DE NIETZSCHE

Habermas, expondo o confronto que se estabeleceu na Alemanha do século XIX entre as duas correntes opostas emergidas ambas da filosofia de Hegel, os hegelianos de esquerda, ou jovens hegelianos (Marx, Bauer, Hess, Ruge, etc.), e os de direita (Rosenkranz, Hinrichs e Oppenheim), viu ser Nietzsche, simultaneamente, um repúdio e uma superação delas.

Para os hegelianos de esquerda tratava-se de erigir uma nova sociedade que definitivamente ultrapassasse aquela em que viviam. Os de direita, ao contrário, apontavam a religião e o estado como os únicos capazes de voltar a aglutinar uma sociedade civil ameaçada de dissolução. Perfilou-se desse modo na Alemanha daquela época aquilo que Moses Hess chamou de "o partido do movimento" e o "partido da permanência". Frente a esse verdadeiro cabo de guerra entre a revolução e o conservadorismo, que dominou o cenário político e ideológico germânico no tempo de Bismarck, Nietzsche, rejeitando o radicalismo revolucionário, bem como o imobilismo reacionário, dedicou-se ao trabalho de corroer os fundamentos deles, negando-se a aceitar tanto o governo das massas como o regime dos reis e dos padres. A síntese disso foi o super-homem que, figura emblemática da sua posição, afasta-o das multidões e dos monarcas.

Hegel, o paradigma da filosofia alemã moderna.

Partido do movimento

Os jovens hegelianos pretendiam converter a filosofia numa prática capaz de conduzir a sociedade ao socialismo e ao igualitarismo.

Nietzsche e o neorromantismo

Opondo-se a ambos, quer minar o solo tanto dos radicais como dos conservadores, reservando ao super-homem papel de dupla superação, tanto da revolução como da reação.

Partido da permanência

Hegelianos de direita que apenas desejam manter a dinâmica da sociedade burguesa, desde que ela não corroesse os primados sagrados da religião e do Estado.

7 – Os cinco termos capitais de Nietzsche

TERMO E SIGNIFICADO

Niilismo (*Nihilismus*): expressão polivalente. Movimento intelectual e político europeu do século XIX, e também termo usado por Turgueniev para definir a descrença que certos jovens manifestaram em relação às tradições religiosas e institucionais vigentes. Talvez fosse apropriado chamá-los de "os crentes do nada", por paradoxal que tal possa parecer. Assim classificaram-se os militantes do ateísmo, os anarquistas, os populistas russos e todos os que se empenhavam, por meio de ações, em desafiar as normas de comportamento e em duvidar ostensivamente da religião e da existência de Deus. Uma das marcas da modernidade.

Transvaloração (*Umvertung aller Werte*): exigência da filosofia nietzscheana na recuperação dos valores nobres perdidos. Fazer do "mau" voltar a ser "bom", elogiar o orgulho, a vaidade, a soberba e a arrogância humanas, e até o desejo de vingança; desprezar o que é vil, o que é fraco, o que é humilde, o que recende à ralé. Inverter totalmente os valores éticos do cristianismo, reabilitando os antigos valores esgotados da cultura. É a restauração do *ethos* pagão que girava ao redor do herói e do guerreiro intrépido.

Super-homem (*Übermensch*): teoricamente aquele que irá superar o homem. Um novo ser que, trazendo as novas tábuas, assumirá na totalidade a responsabilidade de viver num mundo ausente de Deus. Caracteriza-se por sua determinação absoluta, pela confiança em sua intuição, pelo seu caráter inquebrantável, por uma solidão ativa, corajosa, e sem concessões no tocante a sua meta (*Werke*). Ele é um criador, um duro, que não se deixa tomar pela compaixão; dele é o devir.

Vontade de potência (*Wille zur Macht*): trata-se da pulsão permanente pela vida e pelo domínio comum ao homem, especialmente ao de valor. Requer a mobilização completa das energias, físicas e mentais, para incessantemente conduzir as coisas às últimas consequências. *Wille zur Macht* é o domínio e a superação de si, das debilidades pessoais, e, também, domínio sobre os outros e sobre a natureza. A vontade liberta porque é criadora.

Eterno retorno (*ewige Widerkunft*): repto nietzscheano à ideia do progresso dos evolucionistas; à divisão em três etapas da história dos positivistas; à crença do cristianismo na salvação da alma, nascida em pecado e redimida pela graça. É uma retomada da concepção cíclica (*ciklós*) dos pitagóricos e dos estoicos, que viam um eterno perecer e renascer da natureza e da história. Tudo que se exauriu no Grande Ano voltará a ocorrer, intermediado pelo fogo e pela destruição periódica.

8 – Esculpindo um novo indivíduo

Com a grande e prolongada crise da sociedade medieval, uma nova configuração do ideal de indivíduo tomou corpo entre os pensadores europeus. O cavaleiro e o santo dão lugar a novas configurações no imaginário das sociedades cada vez mais laicizadas e distantes da monarquia e das igrejas. Que novo indivíduo a sociedade desejava para guiá-la, para inspirá-la? Quem seria doravante o novo evangelista, o que sairia pelo mundo afora anunciando a chegada dos novos tempos e sendo ele mesmo o novo símbolo disso?

Visto que os valores da nobreza e do sacerdócio, da moral e da fé, se esclerosaram, ou se exauriram durante a grande expansão ocidental e as revoluções sociais que seguiram no seu rastro, era preciso que algum outro lhes sucedesse. As respostas foram, como não podia deixar de ser, múltiplas e contraditórias. Pensadores, filósofos, homens de letras de todas as latitudes lançaram-se, cada um ao seu modo, e de acordo com sua veneta, a descrever esse novo "animal-político", que, segundo eles, seria o novo paradigma do homem ocidental do futuro.

O HOMEM DO RENASCIMENTO

Jacob Burckhardt, por exemplo, encontrou-o na figura do homem do Renascimento, um tipo idealizado que emergira da complexidade da vida política peninsular e da economia mercantil avançada que a Itália possuía à época da Renascença. Para Burckhardt, todas as estruturas da Itália daquela época funcionaram para ressaltar e proporcionar a ascensão do indivíduo extraordinário: do tirano sem escrúpulo (como César Bórgia), do aventureiro-artista (como Cellini), do *condottiero* comandante de mercenários (como Giovanni de la Banda Nera), ou ainda do escritor satírico e aventureiro, sem limites, que sozinho, com sua pena corrosiva, aterrorizava o mundo do poder (como Aretino o fez). Em suas palavras:

Aretino (1492-1556), um modelo do individualismo (tela de Ticiano).

Foi a Itália, a primeira a rasgar o véu e a dar sinal para o estudo objetivo do estado e de todas as coisas do mundo; mas, ao lado desta maneira de considerar os objetos, desenvolve-se o aspecto subjetivo: o homem torna-se indivíduo espiritual e tem consciência deste novo estado...[tal como] se elevara o Grego em face ao mundo bárbaro. (...) No século XIV, a Itália quase não conhece a falsa modéstia e a hipocrisia. Ninguém tem medo de ser notado, de ser e aparecer diferente do comum dos homens. (Jacob Burckhardt – A civilização da Renascença Italiana, especialmente na IV parte).

UM TITÃ A SERVIÇO DO PROGRESSO

Para o Conde Saint-Simon (*Do sistema industrial*, 1820) e seus seguidores, particularmente para Prosper Enfantin, esse novo elemento responsável por transformações radicais seria o capitalista empreendedor e inovador – o capitão da indústria que, com arrojo e visão destemida, descortinava, graças ao avanço da ciência e a expansão da tecnologia, um quadro de progresso para a humanidade por meio de obras espetaculares (tais como as de Ferdinand Lesseps, que abriu para a navegação o Canal de Suez, em 1869).

O herói saint-simoniano era um titã de carne e osso, lidando com finanças, liderando forjas de aço e colossais empreendimentos espalhados por um mundo ainda a ser conquistado, ao mesmo tempo em que, cartesianamente, domava a natureza ao seu redor. Detestando o parasitismo da aristocracia e do clero, ele também deveria "retificar as linhas fronteiriças do bem e do mal". Esse moderno Messias do Progresso, "iniciador científico", implantador da "sociedade industrial", não leva vida imaginativa ou sentimental, senão que "uma sucessão de experiências". Para tanto, ele deveria seguir algumas regras que o habilitem a levar uma vida produtiva e criativa:

Lesseps (1805-1894), o indivíduo saint-simoniano.

Regras do saint-simoniano

1º – Levar, enquanto ainda dotado de vigor, uma vida a mais original e ativa possível.

2º – Inteirar-se cuidadosamente de todas as teorias e de todas as práticas.

3º – Recorrer a todas as classes sociais e colocar-se pessoalmente em cada uma delas, mesmo as mais diferentes, chegando inclusive a criar relações que não existiram antes.

4º – Empregar a velhice em resumir as informações coletadas sobre os efeitos que resultaram das suas ações, para estabelecer novos princípios sobre a base deles.
(Fonte: Sébastien Charléty – *História del sansimonismo*, 1969, p. 18).

O NIILISTA REVOLUCIONÁRIO

Destoando desses modelos, que afinal enalteciam as Artes e o Progresso, um novo tipo de indivíduo, surgido na sociedade czarista do século XIX, começou a ser destacado pela *intelligentsia* russa da época: o herói niilista, o *raznochintsy*, alguém fora da classificação social conhecida, que elegia, inspirado na filosofia do romantismo alemão e no socialismo francês, a entrega total a uma causa como a única razão do seu destino no mundo. Ele desprezava os valores em que vivia, elegendo o nada (*nihil*) como ponto de afirmação e de partida.

Ele, o jovem niilista, tornou-se um personagem fascinante desde que apareceu, em 1862, na pele de Bázarov, na novela *Pais e filhos,* de Ivan Turgueniev, o principal responsável pela popularização do termo.

Dostoiévski, a seguir, apresentou-o como um radical que se colocava acima da lei e de tudo o mais, acreditan-

I. Turgueniev (1818-1883) difundiu o niilista.

do-se superior e com "direito ao crime", como o seu personagem Raskólnikov, no famosíssimo romance *Crime e castigo*, de 1867. Um lobo solitário que rondava a sociedade aristocrática ou burguesa, imaginando mil maneiras de levá-la à destruição, sempre pronto a apresentar planos de regeneração social por meio da violência individual ou revolucionária. A arte para ele, assim como estava, manifestação do supérfluo, só servia às classes cultas. Era preciso engajá-la, fazer dela um instrumento de emancipação dos povos agrilhoados. Só assim ela teria uma razão de ser.

M. Bakunin (1814-1876), exemplo para os niilistas.

Acredita-se que a forma mais extremada desses niilistas foi assumida pelo terrorista Sérgio Netcháiev (um seguidor do anarquista Bakunin). Ele, juntamente com Tkachév, expôs no *Programa das Ações Revolucionárias*, de 1869, uma verdadeira cartilha do terrorista, o ideal do comportamento niilista.

O CATECISMO DO REVOLUCIONÁRIO

1 – O revolucionário é um homem perdido. Não tem interesses próprios, nem causas próprias, nem sentimentos, nem hábitos, nem propriedades; não tem sequer um nome. Tudo nele está absorvido por um único e exclusivo interesse, por um só pensamento, por uma só paixão: a revolução.

2 – No mais profundo do seu ser, não só de palavra, mas de fato, ele rompeu todo e qualquer laço com o ordenamento civil, com todo o mundo culto e todas as leis, as convenções, as condições geralmente aceitas e com a ética deste mundo. Será, por isso, seu implacável inimigo, e se continua vivendo nele será somente para destruí-lo mais eficazmente.

3 – O revolucionário deprecia todo o doutrinarismo: renunciou à ciência do mundo, deixando-a para a próxima geração. Ele só conhece uma ciência: a da destruição.

4 – Despreza a opinião pública. Despreza e odeia a atual ética social em todas as suas exigências e manifestações. Para ele é moral tudo o que permite o triunfo da revolução, e imoral tudo o que a obstaculizar.

5 – O revolucionário é um homem perdido. Implacável com o estado e, em geral, com toda a sociedade privilegiada e culta, de quem ele não deve esperar piedade nenhuma... Cada dia deve estar disposto à morte. Deve estar disposto a suportar a tortura.

6 – Severo consigo mesmo, deve ser severo com os demais. Todos os sentimentos ternos e abrandados sentimentos de parentesco, de amizade, de amor, de agradecimento e, inclusive, de honra devem ser sufocados nele por uma única e fria paixão pela causa revolucionária.

7 – A natureza de um autêntico revolucionário excluiu todo o romantismo, todo o sentimentalismo, todo o entusiasmo e toda a sedução. Exclui também o ódio e a vingança pessoal. A paixão revolucionária convertida nele em paixão de cada dia, de cada minuto, deve ser seguida pelo cálculo frio. (...) Liguemo-nos com o mundo livre dos bandidos, o único autenticamente revolucionário na Rússia.

8 – Reagrupar este mundo numa força invencível, eis aqui a nossa organização, nossa conspiração, nossa tarefa.

(Fonte: Franco Venturi – *El populismo ruso*, 1975, Vol II, p. 595-6).

O SUPER-HOMEM

Chega-se por fim à ideia do super-homem de Nietzsche, que também se constituiu numa formidável façanha intelectual do idealismo alemão (já presente no *Fausto,* de Goethe, e na ideia do *Ich!,* de Fichte) em querer dar a sua contribuição para a construção desse novo indivíduo que, para o pensador, certamente emergiria no vindouro.

Trata-se, pois, de um amálgama das idealizações anteriores, porém com algumas particularidades bem salientes. O super-homem nietzscheano não esboça nenhuma ação com o fim de prover as multidões de um ideal, nem vem para libertá-las de regimes injustos e opressores ou emancipá-las dos enlaces de uma hierarquia cruel. É antes de tudo um soberbo egocêntrico, que, ao contrário do herói niilista, irá opor-se às multidões, às massas. Ele se identifica com a força e com o orgulho, não com o desvalimento e a tibiez. Longe dele recorrer à retórica da compaixão, seja lá por quem for.

Com o seu punho duro, fechado, ele brada uma exigência, faz uma ameaça; jamais o verão com a mão trêmula, arqueada e súplice, de um pedinte. Ele é corpóreo, é sensual, ama a vida e fascina-se pelo domínio de si e que exerce sobre os outros. Quer ser grande, quer ser reconhecido, exibe-se, pois "o mundo gira em torno dos inventores de valores novos: gira invisivelmente; mas em torno do mundo giram o povo e a glória; assim anda o mundo".

AS NOVAS TÁBUAS DO SUPER-HOMEM

O super-homem despreza a religião de Jesus, com seu Deus morto. O cristianismo é uma teologia de ressentidos, uma fé de enfermos e de desgraçados. Liberto das cangas pesadas e inibidoras da moralidade cristã-burguesa em que foi educado e formado, o super-homem, seguramente, irá forjar, "com companheiros que saibam afiar a sua foice", uma nova atitude.

Habitando "a casa da montanha" ou a floresta, incessantemente superando a si mesmo, altivo como a águia e astuto como a serpente, os bichos favoritos de Zaratustra, o seu anunciador, ele, com seus colaboradores, chamados de "destruidores e desprezadores do bem e do mal", inscreverá "valores novos ou tábuas novas". Ele é o devir a ser, ele é o futuro.

IDENTIFICANDO O SUPER-HOMEM

Como se reconhece o super-homem? Pela personalidade extraordinária e pelo caráter forte, inquebrantável, que emana do seu interior. Não é pelo nascimento nem pela educação que ele se impõe, mas pela inequívoca presença e fascínio que exerce sobre os demais. Por sua olímpica arrogância.

Onde ele se encontra? No futuro, no devir a ser, ele trará as novas tábuas não mais presas aos conceitos do bem e do mal.

Qual a sua morada? A casa da montanha, os altos picos, acompanhado pela águia e pela serpente, bem distante da moralidade convencional cristã e da vulgaridade multitudinária que imperam na planície. A sua única companhia é a solidão.

Quais as leis a que obedece? Às que ele mesmo faz. O super-homem é o legislador de si mesmo, é Sólon e Alcibíades, é o autor das suas próprias e exclusivas regras, as únicas às quais ele deve obediência e fidelidade.

O que ele ama? O seu corpo, do qual não tem vergonha. Ele se exibe, se mostra, aceita a sensualidade como natural e não tem a mínima ideia do que é ou do que representa o pecado.

A vida não é escassez; é proliferação e exuberância, é domínio, amor e crueldade. Em seguida a isso, ele ama os valentes, os corajosos, os que dizem sim à vida, os audazes, que não se prendem aos limites e não temem o desconhecido. Quem se arrisca e não se arrepende.

Quais são seus inimigos? Os sacerdotes, os pregadores da morte, seres vingativos que detestam a vida e veneram o além. O cristianismo com sua moral de escravos, de gente impotente e ressentida com a vida.

O que ele detesta? A canalha, o populacho, porque envenena tudo o que toca. O seu sentimentalismo mela tudo, tem bocarra grotesca e sede insaciável. Chega a duvidar de que a vida tenha necessidade deles. Não tem consolo para o corcunda, para o doente, para o fraco e para covarde. Quer que eles desapareçam, que sumam.

O que mais odeia? A ideia de igualdade defendida pelos democratas e pelos socialistas. O injusto é tentar fazer iguais os desiguais.

Quem é afinal aquele que traz o novo evangelho para este mundo ausente de Deus? Quem anuncia a chegada do super-homem?

9 – A construção do Zaratustra

> *Der Mensch ist ein Seil, geknüpft zwischen Tier und Übermensch – ein Seil über eninem Abgrunde. Ein gefährliches Hinüber, ein gefäherliches Auf-dem-Wege, ein gefährliches Zurücblicken, ein gefährliches Schaudern und Stehenbleiben.*
> (O homem é corda distendida entre o animal e o super-homem: uma corda sobre um abismo; travessia perigosa, temerário caminhar, perigoso olhar para trás, perigoso tremer e parar.)
>
> Nietzsche. *Assim falou Zaratustra*

Meditando por dez anos numa caverna no alto de uma montanha, Zaratustra, tendo ao seu lado os seus animais prediletos, a águia e a serpente, determinou-se baixar à planície. Decidira-se, depois daqueles anos de rigor eremita, vir a comunicar aos homens a chegada de um novo messias, o *Übermensch* – o super-homem, o que dominará o futuro. Assim feito, Zaratustra enumera a quem sua mensagem se dirige:

OS ELEITOS POR ZARATUSTRA

– os que vivem intensamente, que são indiferentes aos perigos (*welche nicht zu leben wissen*), porque são capazes de atravessar de um lado para outro;

– os grandes desdenhosos (*der grossen Verachtenden*), porque estão sempre tentando chegar à outra margem;

– os que se sacrificam pela terra (*die sich der Erde opfen*);
– o curioso, o que quer conhecer (*welcher erkennen will*);
– quem trabalha e realiza invenções engenhosas (*welcher arbeiter und erfinder*);
– o que preza a sua própria virtude (*sein Tugen liebt*);
– aquele que distribui o seu espírito entre os demais (*ganz der Geist seiner Tugend sein will*);
– o que deseja viver e deixar viver (*willen noch leben und nicht mehr leben*);
– quem não seja exageradamente virtuoso, nem excessivamente moralista (*welcher nicht zu viele Tugenden haben will*);
– aquele que não fica à espera de agradecimentos ou recompensas (*der nicht Dank haben will*);
– o que não trapaceia (*ein falscher Spieler*);
– o que se orgulha dos seus feitos (*welcher goldne Worte seine Taten vorauswirft*);
– o combatente do presente (*den Gegenwärtigen zugrunde gehen*);
– o que desafia e fustiga o seu Deus (*welcher seinen Gott züchtig*);
– o de alma profunda (*dessen Seele tief*);
– o de alma trasbordante, que se esquece de si mesmo (*sich selber vergisst*);
– quem tem o espírito e o coração livres (*der freien Geistes und freie Herzen ist*);
– os vaticinadores, os que prenunciam o relâmpago próximo (*dass der Blitz kommt, und gehn als Verkündiger zugrunde*), um relâmpago que se chama super-homem (*Übermensch*).

Nietzsche, profeta niilista.

POR QUE ZARATUSTRA?

Zaratustra ou Zoroastro, o fundador da religião persa, foi um profeta ariano que, por volta de 600 a.C., pregou a existência do bem e do mal como entidades distintas e totalmente antagônicas (até então a crença geral era de que o mesmo Deus era capaz de uma coisa, como a outra). É o autor dos *Gäthäs,* cinco hinos que formam a mais antiga e sagrada parte do *Avesta,* o livro santo do zoroastrismo. Nietzsche tomou conhecimento dele provavelmente por intermédio da obra de um erudito da época, inspirando-se então naquela fantástica personalidade.

O motivo de um ateu assumido como Nietzsche ter lançado mão de um carismático líder religioso do passado, tornando-o veículo da sua mensagem, deve-se a que o pensador alemão racional e intelectualmente deixara de ser cristão, mas emocionalmente ainda seguiu tendo a mente de um crente (Lou Salomé assegurou que Nietzsche era psicologicamente um homem religioso, ainda que sem Deus, mas um homem de fé).

Afinal, Nietzsche era filho de um pastor luterano, o que igualmente explica o tom de sermão da sua prosa, carregada de parábolas, simbolismos e imagens litúrgicas e a obsessão por locais sagrados, presentes na maioria dos capítulos do *Assim falou Zaratustra.* A escolha também tratou-se de uma provocação, pois o Zaratustra ficcional dele retornou à cena exatamente para desfazer o que o histórico profeta ariano fizera há

Zaratustra, capa da 1ª edição.

mais de dois mil e quinhentos anos passados, isto é, instituir a ideia do Bem e do Mal, que ele queria superar.

O ANTICRISTO

Zaratustra de Nietzsche é, pois, um Anticristo. Ele não veio do deserto como Jesus Cristo, mas, sim, desceu do alto da montanha, do fundo da caverna, como viu Platão os filósofos emergirem em busca do sol, em busca da vida. Não se dirige aos pobres, aos humildes, aos doentes, aos perdidos e aos fracos, muito menos lhes promete o Reino dos Céus. O seu público é outro. É o dos vencedores, dos afirmadores da vida, os que querem viver o aqui e o agora, tendo a Terra como seu único reino. Arenga aos que desprezam! Desceu à planície para anular o cristianismo. Por isso, ele não tem seguidores no presente.

A sua meta é atingir uma parte específica da humanidade, os homens superiores (*höheren Menschen*), a quem Cristo ignorou. Zaratustra é, de certo modo, um Cristo da elite, pois Nietzsche escreveu o evangelho do super-homem, o que anuncia um novo tempo, um mundo desertado da fé, uma era em que Deus morreu (*dass Gott tot ist!*), na qual o Homem, explorando o vazio deixado pela divindade, se apressa para assumir o poder na totalidade, na qual terá que arcar com as consequências morais e éticas de um mundo sem Deus.

Para tanto, ele, o super-homem, operará a transvaloração. Tudo o que o cristianismo estigmatizara – o orgulho, o egoísmo, a riqueza, a vontade de poder, a sensualidade e a nobreza de espírito – deverá voltar a modelar e inspirar a humanidade. A resignação, a docilidade e o servilismo, por sua volta, serão sucedidos pela ação, pela inconformidade e pelo domínio – a lamúria do resignado cederá lugar ao grito do forte!

Os próprios símbolos que cercam Zaratustra, a águia e a serpente (*meinen Adler und meine Schlange*), antigas metáforas zoológicas do orgulho, da arrogância e da astúcia, opõem-se vigorosamente às do cordeiro e do peixe, ícones da mansidão, da quietude e da simplicidade, favoritos de Cristo. Se o nazareno pregou o Sermão da Montanha para os pobres de espírito, Zaratustra lança sua isca para alçar os destemidos, os homens extraordinários, visto que ele veio pregar um Evangelho dos Fortes. A sua mensagem não é para todos, é para poucos.

VIVER PERIGOSAMENTE

Ich seht nach oben, wenn ihr nach Erhebung verlangt. Und ich sehe hinab, weil ich erhoben bin. Wer von euch kann zugleich lachen und erhoben sein? Wer auf den höchsten Bergen steigt, der lacht über alle Trauer-Spiele und Trauer-Ernste.

(Olhais para o alto quando aspirais elevar-vos. Eu, como já me encontro acima, olho para baixo/ Quem entre vocês pode estar acima e ao mesmo tempo gargalhar? Aquele que escalou o mais elevado dos montes ri-se de todas as tristezas encenadas da vida.)

F. Nietzsche – *Assim falou Zaratustra*

Enquanto Zaratustra, recém-descido da montanha, pregava na ágora, a atenção da multidão desviou-se para o alto, onde estava um equilibrista numa frágil corda. Um outro, um rival, afobando-se, tentando chamar a atenção para si, terminou por precipitar-se no chão, estatelando-se agonizante bem perto do profeta. O desastrado homem, no seu estertor, desamparado de tudo, acredita que agora o diabo o arrastará para o inferno.

Confortando-o, Zaratustra diz-lhe: "Amigo, palavra de honra que tudo isso não existe, não há diabo nem inferno. Sua alma ainda há de morrer mais rápido do que seu corpo: nada tema." Quando o trapezista caído, ainda nos estertores, lamenta a vida que levou "recebendo pancadas e passando fome", o profeta consolou-o respondendo: "Não, você fez do perigo sua profissão, coisa que não é para ser desprezada"(*du hast aus der Gefahr deinen Beruf gemacht*). Dito isso, ele mesmo trata de sepultá-lo com suas próprias mãos.

A cena do profeta tendo em seus braços um morto é a "pietá" de Nietzsche. Uma imagem que mimetiza o momento em que Maria acolhe em seu colo o corpo inerme do filho. O trapezista caído é o modelo de homem do profeta, o que compete, o corajoso que arrisca, o que diariamente vive na corda-bamba e que morre, por isso mesmo, por levar uma vida perigosa (*ein gefährliches leben*).

OS COMPANHEIROS DE ZARATUSTRA

Como o povo (*Volke*) não lhe deu ouvidos, Zaratustra, resmungando "que me interessam a praça pública, o populacho e as orelhas compridas do populacho?", concluiu então que precisava de companheiros (*Gefährten*): os "que desejam seguir a si mesmos, para onde quer que eu vá". Afinal, ele viera "para separar muitos do rebanho". Que tipo de companhia quer o profeta? Justamente os que "os bons e justos" mais odeiam – o que lhes despedaça os valores, o infrator, o destruidor, porque é esse o criador.

Não são os negligentes nem os retardados que o seguirão, mas sim os inventivos, os que colhem e se divertem, os solitários e todos aqueles unidos pela solidão, interessados em escutar coisas inauditas – a marcha do profeta será a marcha deles. Assim é que sua oração dirige-se para os que estão atacados pela "Grande

Náusea" (*der grossen Ekel*), o tédio de quem vive numa época em que o antigo Deus morreu, mas que não existe no seu lugar nenhum outro novo deus para substituí-lo. Zaratustra veio para afastar deles a sombra dos deuses antigos que ainda se escondem atrás das nuvens do presente. Veio para mostrar-lhes a verdadeira face da natureza; chegou para torná-la humana, para desmagizá-la.

Zaratustra quer é o leão (tela de Delacroix).

O que mais irritava o profeta era o último homem (*letzter Mensch*), um teimoso, "inabalável como pulga", que, segundo Heidegger, não queria "se desfazer da sua depreciável maneira de ser".

Ao insistir em viver de acordo com os valores desaparecidos, em prender-se a um ídolo que já se fora – o deus monoteísta –, esse cabeça-dura continuava a frequentar o santuário de um templo caído em ruínas. Ali, nada mais achando nele, o estulto agachava-se, arrastava-se no pó, em meio aos cacos, revirando os restos atrás das cobras e dos sapos para adorá-los. Por que ainda havia crentes quando não existia mais nada no que crer?

Esse paradoxo, ele retomou no *Gaia ciência*, quando, no parágrafo 108, intitulado "Lutas novas", escreveu: "Depois de Buda ter morrido, ainda se mostrou durante séculos a sua sombra numa caverna; uma sombra enorme e aterradora. Deus morreu, mas tais são os homens que haverá talvez ainda, durante milênios, cavernas nas quais se mostrará a sua sombra... E nós... É ainda necessário que vençamos a sua sombra."

A TRANSFORMAÇÃO DO HOMEM

> *Was gross ist am Menschen, das ist, dass er eine Brücke und kein Zweck ist: was geliebt werden kann am Menschen, das ist, dass er ein Übergang und ein Untergang ist.*
> (A grandeza do homem é ser ele uma ponte, e não uma meta; o que se pode amar no homem é ser ele uma transição e um ocaso.)
>
> F. Nietzsche – *Assim falou Zaratustra*, I, 4.

Num primeiro momento da história espiritual do homem, pelo menos o de espírito sadio, ele não passa de um camelo, que, como o desgraçado animal, apenas se ajoelha e agradece quando lhe dão uma boa carga. Carrega pelo deserto as culpas por ter nascido. Na sua humilde corcova avolumam-se as penas do mundo, sobrecarregado pelas regras morais e pelas imposições que lhe fazem, que lhe dizem – tu deves (*Du-sollst!)!* Porém, no deserto, isolado, dá-se uma transformação. O camelo vira um leão. É o espírito que finalmente liberto quer ser "o senhor do seu próprio deserto". Agora é ele quem, rugindo desafiante, responde – eu quero! (*Ich will!*). Se bem que o leão não consiga ainda criar os novos valores, ele, pelo menos, assentado na sua força e vigor extraordinário, sacode para fora a canga que aflige o pobre camelo. Dá-se, então, a derradeira transformação – o leão vira criança. Sim, porque a criança é esquecimento, é um novo começo, é o embrião do super-homem que, ao crescer e desenvolver-se, "quer conseguir o seu mundo". Ele alcançará!

O CAMELO

O espírito do homem na sua época religiosa e cordata, conforme com seu destino de animal de carga, submetido ao grande dragão, encontra-se sob o imperativo do "Tu deves".

O LEÃO

A emergência do espírito de rebeldia e a insubordinação contra os valores tradicionais e contra as imposições morais e convencionais afirma-se através do "Eu quero".

A CRIANÇA

A nova era que nasce. O tudo por fazer que se descortina numa nova situação, num mundo novo que se livrou do passado opressivo – "Ele alcançará".

OS INIMIGOS DO PROFETA

Zaratustra é um celebrante da carnalidade, um pregador da vida vivida, da sensualidade, do prazer de dominar ou do simples gozo em existir. É o grito do instinto sufocado. Por consequência, seus inimigos são os que detestam a vida, os "acusadores da vida" (*Ankläger des Lebens*), os que reprimem e condenam a volúpia, os que dizem que as pulsões humanas são artes do demônio, os que pregam o Outro Mundo, como os sacerdotes e os moralistas, que insistem em fazer com que o homem se envergonhe do seu próprio corpo e das suas sensações, chamando-as inumanas, imundas e pecadoras.

Quem afinal detesta tanto a sensualidade senão os padres que desprezam o corpo, entendendo-o como pertencente a um "mundo maldito"? A eles alia-se logo "a canalha", que por não terem acesso aos prazeres condenam-se ao "fogo lento em que queimam". Por fim, os melancólicos, os de natureza timorata, que entendem ser a sensualidade um "veneno deleitoso", do qual eles devem manter distância.

Ela de fato seduz tão somente os corações livres, os que entendem ser a vida "um jardim das delícias", os que são dotados da vontade de leão, aqueles que têm esperança superior, vocacionados a uma "maior felicidade simbólica".

O desejo de dominar, por sua vez, é atributo do mais duro de todos os corações endurecidos. Somente os povos que gostam de cavalgar sobre os orgulhos são por ele tocados. É um dom que alcança os fazedores de terremoto, os que desmontam o velho, o passado, os que destroem definitivamente os sepulcros caídos e que ensinam o desprezo. Zaratustra, então, conclama os puros e solitários, e todos os que manifestam o desejo de dominar, para que desçam das alturas e venham para a planície juntar-se a ele.

É deles, da alma deles, que o bom e são egoísmo brota. O corpo, destro, volátil, belo e vitorioso, do dançarino é a representação simbólica desse regozijo pela vida e pelo desejo de dominar. Quem dele se afasta é o covarde, o que sofre, o que vive entre suspiros, o choramingas, o pessimista impotente, que Nietzsche definiu como o portador da "sabedoria de sombra noturna, que suspira na obscuridade" e que insiste em dizer que "tudo é vão", o que demonstra ter uma sabedoria desconfiada demais, que nada mais é senão que uma sublimação da covardia.

A quem esse dominador devota sua indiferença e malquerer? Ao cão que se deita de costas, ao humilde, ao obsequioso, aquele que se nega a defender-se, o que engole os desaforos e, portanto, traga a saliva venenosa. O que sempre mantém um olhar de revés, quando não com os olhos vesgos e submissos.

A ralé servil, que tudo suporta com paciência e que com qualquer coisa se contenta. Isso tudo para ele é o ruim, o "mau".

A eles, a esse grêmio de miseráveis fracassados, se juntam as criaturas falsas e rasteiras, os falsos sábios, os sacerdotes, os enfastiados do mundo, as almas efeminadas e servis, que acreditam que o que fazem é virtude. Não passam de aranhas cansadas que usam os mais diversos pretextos para perseguir o egoísmo, pois não têm apego a si mesmas, nem amam a si próprias.

A hora deles soara no Grande Meio-Dia, que é o Dia do Juízo Final de Zaratustra, o momento quando todos aqueles que negam a vontade de domínio, os que saem a caçar o egoísmo, serão submetidos "à espada da justiça", aquela que "glorifica o eu e santifica o egoísmo".

O profeta quer o diferente, o que se distingue, o que se vangloria, o altivo com justa razão, o indivíduo soberano e viril, não as massas que "trazem mau-olhado à Terra". As suas palavras não devem ser "apanhadas por patas de carneiros". Logo todos os democratas, os defensores da igualdade e correlatos, são seus adversários, seus odiados inimigos.

O mundo, disse ele, "gira ao redor dos inventores de valores novos" (*die Erfinder von neuen Werten dreht sich die Welt*), da Personalidade Magnífica e não do homem comum, que vive discursando – "somos todos iguais perante Deus". Ora, como deus morreu, o homem superior ressuscitou da sua sepultura. É para ele que a luz do futuro brilha.

É TUDO UM SÓ MUNDO

Ao contrário de Descartes, que entendia a alma separada do corpo, não há dois mundos para o profeta, o de cá e o de lá, nem corpo distante da alma, nem bem nem mal. Tudo é uma coisa só. Carne é espírito, a terra também é céu, o mal também é o bem. O homem imaginou haver um além porque ele sonha, e no seu sonho – "vapor colorido diante dos olhos" – lhe aparecem fantasmas dos mortos e das coisas passadas, por isso ele, iludido, concebeu um Outro Mundo. Ingrato, ao invés de exultar com a existência recebida, percorre os céus com os olhos supersticiosos atrás de uma estrela, acreditando ir parar ao seu lado no futuro.

Seguidor de Heráclito – que via no Cosmo um produto do *agón*, da luta perpétua –, Zaratustra assegurava que toda a batalha a ser travada é uma bem-vinda guerra terrestre, na qual o super-homem (expurgando ou afastando de si os sentimentos caritativos e fraternos, afirmando-se sobre si mesmo com os valores que ele mesmo criou) lança-se na conquista do devir. Mas, adverte, antes de o super-homem atingir esse futuro, haverá o crescimento do deserto – uma grande ameaça ao oásis onde se homiziava o homem superior.

O FILHO DE ZARATUSTRA

No final do canto de Zaratustra (Parte IV – o sinal), depois de o profeta ter dispensado os grandes dignitários (rei, imperador e o papa), não identificando neles os sinais indicadores de eles serem o super-homem, ele projeta aquele que advirá. A nobreza que ele procura não é resultado de títulos, nem do sangue azul.

O *Übermensch* é o que irá superar o homem e, para tanto, já expurgou de si toda a fraqueza e vileza tão comum aos humanos do seu tempo. Ele não tem pejo em querer vingar-se, nem se envergonha em ter ódio, nem quer controlá-lo; sabe que se almeja a alegria também terá que suportar o sofrimento. Porém, nem os homens superiores que o profeta encontrou pelo caminho o satisfizeram.

"Pois bem!", disse ele, "estes homens superiores adormecem enquanto eu estou desperto. Não são os meus verdadeiros companheiros". O profeta viajante (*der Wanderer*), após ter percorrido uma longa peregrinação, na qual esgrimiu-se em mil encontros e outros tantos percalços, recolheu-se de volta ao seu ermitério no alto da montanha.

Sentado numa pedra em frente à gruta, ele pede que cantem "Outra vez", porque ele afirmava o Eterno Retorno das coisas. Tudo o que aconteceu nos remotos tempos voltaria a ocorrer – a história é um círculo, não uma ascensão! Palavras como *honra* e *nobreza* certamente voltarão a reluzir no futuro, logo "celebrar o porvir e não o passado, inventar o mito do porvir, eis o que é mais importante".

A HORA DE ZARATUSTRA

De novo, de volta aos cimos bem elevados, com um anzol e um caniço na mão, Zaratustra simulou com o balouçar da vara estar atrás de peixes em águas que não existiam ao seu redor. Ele, de fato, não queria peixes, mas, sim, lançar sua isca no "mar dos homens" para fisgar um deles. Não um qualquer, mas um em especial: o super-homem, a quem esperava fazer algum dia "subir à minha altura". Acreditava que numa data qualquer, ainda que longínqua, ele seria atraído pela mensagem do profeta-pescador Zaratustra.

Com seus cabelos embranquecidos, eriçados pelos voos dos pássaros, o sábio sentiu que o leão estendido aos seus pés recostara a cabeçorra dourada no seu colo, lambendo as lágrimas do sentimento de fracasso que escorriam da face pelas mãos do profeta. O vidente estava exausto. Afinal, ele era um montanhista (*ein Bergsteiger*) que detestava as planícies. Meditando, Zaratustra foi tomado de súbita emoção. Sentiu-se maduro, porque, apesar de não ter enlaçado ninguém para sua causa, percebeu que soara a sua hora, a sua alvorada – o Grande Meio-Dia chegara. O anúncio, o sinal de que o super-homem estava por vir, fez com que ele, lépido, aspirando somente a concluir a sua obra, deixasse a sua gruta. Assim, como o alvorecer sai por detrás das montanhas escuras, ele saiu para ir receber o seu filho.

> *Dies ist mein Morgen, mein Tag hebt an: berauf nun, berauf, du grosser Mittag! – Also spracht Zarathustra, und verliess seine Höhle, glühen und stark, wie eine Morgensonne, die aus dunklen Bergen Kommt.*
>
> (Esta é minha manhã, o meu dia raiou, sobe, agora, no céu, ó grande meio-dia! Assim falou Zaratustra, e abandonou a sua caverna, ardoroso e forte, como um sol matinal surgindo detrás de escuros montes.)

10 – Observações gerais

Nietzsche é um autor reconhecidamente difícil de ser traduzido, não só por escrever num alemão clássico, extremamente refinado, mas por razões que lhe são próprias. Ele é, como o leitor não se cansa de ver no *Assim falou Zaratustra*, simultaneamente um poeta e um filósofo, fazendo que o seu tradutor se embarace e oscile ao tentar reproduzir o som harmonioso da lira ou o piar preciso e frio da coruja.

Além disso, a prosa filosófica alemã naturalmente vocacionada à metafísica, à abstração pura, apresenta complexidades mil para qualquer tradutor de qualquer idioma. Em cada palavra pode haver implicações outras, duplas, triplas, quádruplas, inúmeras, enfim.

Assim falou Zaratustra é o livro mais traduzido de toda a obra de Nietzsche. Em português existe a de Mario da Silva, que é uma das mais antigas (relançada pela Editora da Civilização Brasileira, RJ), a de Eduardo Nunes Fonseca (da Hemus

Nietzsche e sua mãe.

– Editora, SP) e, finalmente, uma bem mais recente, feita por Pietro Nassetti, que conseguiu fazer da difícil tradução do *Zaratustra* uma excelente leitura (Editora Martin Claret, São Paulo, 1999, 255 págs.).

As passagens ou expressões em alemão deste livro foram retiradas das *Werke in sechs bänden* (Obras em seis volumes) de F. Nietzsche, editadas pela Carl Hanser Verlag, em Viena, na Áustria, em 1980.

O Brasil hoje dispõe de alguns nomes marcantes na área dos estudos nietzscheanos, basicamente concentrados no eixo acadêmico do Rio-São Paulo, entre eles a professora Scarlet Marton, da USP, o professor Roberto Machado, da UFRJ, e Carlos Henrique Escobar, um homem de múltiplas atividades, vinculado à UFRJ, e que se tornou um instigante e profundo analista da obra nietzscheana. A eles se soma o nome de Paulo César de Souza, o principal e talvez melhor tradutor da obra de Nietzsche para a língua portuguesa no presente momento.

Nenhum deles deve nada ao grande circuito internacional de autores de primeira linha que se dedicam à produção de novas abordagens sobre o grande solitário, profeta oracular do século.

PRINCIPAIS OBRAS DE NIETZSCHE

Ano	Título
1872	*Geburt der Tragödie (O nascimento da tragédia)*
1876	*Menschliches Allzumenschliches (Humano demasiado humano)*
1882	*Die fröliche Wissenschaft (A gaia ciência)*
1883	*Also spach Zarathustra (Assim falou Zaratustra)*
1886	*Jenseits von Gut und Böse (Além do bem e do mal)*
1888	*Götzendammerung (O crepúsculo dos ídolos)*
1888	*Der Antichrist (O Anticristo)*
1889	*Ecce Homo*
	Wille zur Macht (Vontade de Poder), edição *post mortem*

CRONOLOGIA RESUMIDA DA VIDA DE NIETZSCHE

Local	Acontecimento
Röcken	Minúsculo lugarejo da Saxônia, onde Friedrich Nietzsche nasceu em 15 de outubro de 1844, filho de Karl Ludwig, o pastor local, e de Franziska. É onde toda a família está enterrada.
Pforta	Internato exigente, no qual o jovem Nietzsche fez seus estudos de 1858 a 1863, destacando-se como aluno excepcional.
Leipzig	Capital da Saxônia, onde conclui, em 1868, vindo de Bonn, o curso de Filologia Clássica.
Basileia	Cidade suíça em cuja Universidade assumiu a cátedra de Filologia Clássica. Nos dez anos que lá permaneceu, de 1869-79, morou a maior parte do tempo em Schützengraben, 47. Relaciona-se com Jacob Burckhardt, renomado historiador da cultura.
Tribschen	Local da mansão de Wagner, à beira de um lago, nas proximidades de Lucerna. Nietzsche impressionou-se com Cosima, a mulher do compositor, e durante três anos, de 1869 a 1872, foi assíduo frequentador do casal, acompanhando-os também para assistir aos festivais wagnerianos em Bayereuth, no Reino da Baviera.
Gênova	Aposentado precocemente desde 1880, prefere ir morar na Itália durante o inverno. Ali escolheu a Salita delle Battistine 8, de onde partia para excursões pelos arredores de Gênova: Rapallo, Santa Margherita, Ruta, Portofino (quase o mesmo roteiro do poeta Shelley, que morreu afogado naquelas águas em 1822).
Sils-Maria	Lugarejo na região da Alta Engadina, na Suíça, onde alugava um quarto e que se tornou lugar de romaria dos nietzscheanos. Foi à beira do lago Silvaplana, à vista de uma rocha, que ele teve a ideia de inspirar-se no profeta Zaratustra para escrever seu mais conhecido poema.
Turim	Morou num quarto na Via Carlo Alberto 6, cidade onde sofreu o colapso final, em 1889. Dali o seu amigo Overbeck o recolheu para uma clínica na Basileia, e depois para uma outra em Jena.
Weimar	Foi levado para esta cidade, capital da cultura alemã, por sua irmã, em 1897, onde faleceu três anos depois, em 25 de agosto de 1900.

Fonte: *Os lugares de Nietzsche*, de Paulo César de Souza [Caderno Mais: 6.08.2000], e também *Nietzsche*, de Ivo Frenzel [Rowohlt, Hamburgo, 1984].

NIETZSCHE: AS MELHORES BIOGRAFIAS

Vida de Frederico Nietzsche ou somente *Nietzsche*, do francês Daniel Halévy, cuja primeira publicação é de 1909, tendo uma reedição ampliada em 1944. A edição de Lisboa tem 409 páginas.

Nietzsche, de Ivo Frenzel, é uma das excelentes edições de livro de bolso, com gravuras e fotografias dos principias locais onde o poeta e pensador viveu. Edição alemã de 1966.

Friedrich Nietzsche (*Friedrich Nietzsche. Biographie*), de Curt Paul Janz, em 4 volumes, surgida em Viena, em 1978. Trata-se de uma das mais recentes, extensa e detalhada, biografias do pensador. Divide-se em *Infância e juventude* (vol. I); *Os dez anos de Basileia* (vol. II); *Os dez anos como filósofo errante* (vol. III); *Os anos de naufrágio* (vol. 4). Só existe uma tradução em espanhol da Alianza de Madri, e, provavelmente, é a mais alentada de todas, tendo mais de mil páginas.

Nietzsche: el aguila angustiada. Una biografía (*Der ängstliche Adler. Friedrich Nietzsche Leben*, Munique, 1989), de Werner Ross, tradução espanhola da Paidós, de 1994. Trata-se de uma complementação dos dois tomos escritos por Heidegger, enfocando a vida mesclada à obra do pensador. É também monumental e extremamente agradável de ser lida. Tem 865 páginas.

O MUNDO DE NIETZSCHE

I – Os primeiros anos até a formatura (1844-1869)

1) Casa onde Nietzsche nasceu, em Röcken, na Saxônia, em 15 de outubro de 1844, filho de Carl e Franzisca Nietzsche; o pai era o pastor local e também fora preceptor de princesas.

2) Nietzsche adolescente, depois de ter ingressado no colégio interno de Pforta, em 1858.

3) O jovem Nietzsche, aos vinte anos, inscrito para cursar Teologia e Filologia Clássica em Bonn, em 1864.

4) Universidade de Leipzig, onde Nietzsche se formou, em 1868, em Filologia Clássica. Em seguida, convidaram-no para assumir uma cátedra da Universidade de Basileia, na Suíça.

5) Nietzsche com traje de acadêmico, ao redor de 1868, membro da *Philologische Verein*, a Associação dos Filólogos de Leipzig.

Fonte e gravuras: *Nietzsche,* de Ivo Frenzel [Rowohlt, Hamburgo, 1984].

Conclusões

Nietzsche, no seu combate anticristão, chegou ao ponto, para contrapor à seriedade casta de Jesus, de ressuscitar o antigo deus pagão Dionísio. Aquela divindade, morta fazia séculos, se bem que desse sinais de vida aqui e ali, só eventualmente surgia como patrocinadora ou instigadora de um ou outro exagero cometido por coletividades embriagadas ou em delírio coletivo. Para enfrentar os exageros repressivos em que a religião cristã incorrera através dos séculos, desde que Paulo e Santo Agostinho identificaram no corpo e no sexo a raiz do pecado humano, Nietzsche não encontrou nada melhor para exorcizá-los do que a convocação do velho deus-bode dos gregos. E onde se encontrava Dionísio esse tempo todo se não que nas profundezas do Hades, onde fora abandonado pelos seus adoradores pagãos e lá definitivamente encerrado pelos patriarcas da Igreja cristã?

Como tantos outros heróis mitológicos e grandes poetas, como Dante, resolveu também descer ao inferno, ao encontro daquele que sempre se via aliado a uma taça de vinho e um sorriso devasso estampado no largo rosto, tendo a testa coroada por um cacho de uvas. Desconhecia-se a piedade no mundo de Dionísio.

Ao libertar Dionísio do seu cativeiro, trazendo-o para o mundo presente, quis liberar o corpo humano macerado por séculos de jejuns e de abstenções de toda ordem, estabelecidas pelos rigores da religião e pelo pudor das gentes, e também retirá-lo do pantanal lodoso, onde ele havia sido antes mergulhado, despedaçado e jogado pelos pais egrégios do cristianismo.

Foi um trabalho notável, pois ao fazer isso, ao retirar Dionísio do fundo do Hades, afastou definitivamente a carne do pecado.

Daí ele mesmo autodesignar-se, com aquela franqueza típica dos alemães, como imoralista, o que definitivamente estava correto para os padrões vitorianos predominantes na época em que ele viveu. A liberdade de gestos e de desejos, alcançadas pela maioria das pessoas que hoje se encontram vivendo nas sociedades ocidentais, seria impossível sem o prévio trabalho de alforria do corpo que ele fez.

Zaratustra, como vimos, foi outro dos seus achados. Um profeta há muito esquecido que ele se dispôs a resgatar do mundo dos mortos ilustres para vir anunciar o novo evangelho e invocar a necessária presença do super-homem. Os dois, o deus dos bacantes e o fundador do Zoroastrismo, foram convocados para vir "diminuir o império das religiões e de todas as artes da narcose" e detonar as estruturas cambaleantes e inseguras dos templos do cristianismo, já de resto suficientemente avariadas pela crítica iluminista, positivista e marxista. Porém, ao desmoronarem as colunas que lhes davam sustentação, elas desabaram sobre a jarra da larga tampa da temida Caixa de Pandora, de onde pularam para fora as calamidades e misérias, e todos os monstros do século XX.

Nietzsche foi o Diógenes da nossa época. Se o cínico grego acintosamente invadia os espaços públicos portando uma lamparina em pleno dia, escandalizando os passantes com seu comportamento e com suas inconveniências verbais, o alemão, de resto um homem discretíssimo, um cavalheiro à moda antiga, obcecado pela sensação de decadência europeia, fez dos seus livros (que Stephan Zweig chamou "escorpiões" soltos por ele em meio à indiferença em relação à sua obra) de tambores e clarins, anunciando com estardalhaço o fim de um mundo e a chegada de uma nova era. Tudo o que nos envolvia, esse mundo de ideais e de confortos espirituais, de grandes causas ideológicas, tudo isso era mentira, insistiu ele. Mas poucos ouvidos o escutaram então, pois um muro metálico o isolava do restante.

O simples correr dos olhos pelos títulos que ele escolheu para a maioria dos seus livros, cuja apresentação em parágrafos curtos não se altera muito, mostra o viés sensacionalista e publicitário das intenções dele (*Humano, demasiado humano; O crepúsculo do ídolos; O anticristo, Além do bem e do mal,* etc.).

Como o famoso grego antes dele, Nietzsche viveu apartado da vida social e das coisas rotineiras comuns aos demais. Seguiu o conselho de La Bruyère, que recomendava ao intelectual afastar-se da sociedade para não se sentir enojado com a puerilidade e o vazio das palestras que é obrigado a escutar. Se Diógenes preferia acomodar-se dentro de uma barrica nos altos dos montes que cercavam Atenas, Nietzsche escondia-se em quartos de aluguel nos cimos dos Alpes suíços ou em modestas pensões italianas. Solitários, esquisitos, tomados por um orgulho doente, dedicaram a vida a fazer provocações ao mundo que os cercava. De Diógenes bem pouca coisa sobrou, de Nietzsche ainda nem tudo se aproveitou.

Nietzsche era ele mesmo uma negação viva ao que escreveu. Era um homem doente, de saúde instável, mórbido, que celebrou a exuberância de um corpo são; um tímido, que exaltou a coragem e a guerra; um cavalheiro com as damas, que desprezava as mulheres; alguém que fugiu do amor, mas quase se matou por causa dele; um fracote, que louvava a força e a musculatura; um míope, que se encantava com o olhar da águia, um trôpego civil, que admirava a bravura do militar, do soldado; um alemão, que dizia detestar os alemães, mas que durante muito tempo serviu-lhes frases e mais frases para alimentar a arrogância deles; um leitor voraz e um homem da cultura, que pregou as virtudes do instinto e da agressão; enfim, um impotente que celebrava a virilidade.

Deitado na sua cama de eremita, na peça que ele alugara na Via Carlo Alberto, 6, em Turim, Nietzsche, um pouco antes de deixar-se levar pelas trevas, teria tido, na noite de 2 de janeiro de 1889, um sonho especialmente de visionário. Sebastian Barker, um poeta inglês modernista, pretendeu penetrar naquele vapor onírico para desvendá-lo. Disso resultou o soberbo *The dream of intelligence (O sonho da inteligência)*, uma mas mais extraordinárias composições em homenagem a Nietzsche, na qual o pensador, supostamente, faz uma avaliação do desastre e do triunfo da sua vida.

Dionísio como antídoto ao cristianismo.

A imaginária retrospectiva da sua existência começa quando ele, ainda um jovem estudante de vinte anos em Leipzig, foi acometido de sífilis, logo após ter frequentado um bordel. Acontecimento chave, segundo Barker, para entender-se tudo o que veio a seguir. O arcabouço central do pensamento de Nietzsche, inescapavelmente, giraria, repetida e insistentemente, ao redor daquela trágica experiência, vinculando-a ao problema da dor. Para entender isso, recorreu ao exemplo de Empédocles, o filósofo grego que se jogara no Etna em busca da regeneração pelo fogo. Dele Nietzsche disse: "Empédocles sofre em ter que viver neste mundo de suplícios e de contradições; não pode explicar sua experiência senão em razão de uma falta: havia cometido, numa época qualquer desconhecida, algum crime, assassinato ou perjúrio. Sua existência no mundo não pode ser nada mais do que consequência de uma falta."

Daí Nietzsche, perplexo por ter sido condenado ao sofrimento – vitimado por uma doença por ter praticado uma coisa tão natural e banal como sexo –, ter insistido em devotar-se a Dionísio, o deus que prometia prazer e amor sem associá-lo, como insistiam os doutores cristãos, à flagelação e à violência.

Como se vê, trata-se de mais uma das tantas interpretações brilhantes da obra dele. Diferente, senão oposta ao que se defendeu neste livro, mas por isso não menos inquietante e sedutora. Assim é Nietzsche até hoje, um provocador da inteligência.

Referências

Ansell-Pearson, Keith. *Nietzsche como pensador político*. Rio de Janeiro: Jorge Zahar Editores, 1997.

Assoun, Paul-Laurent. *Freud y Nietzsche*. México: Fundo de Cultura Económica, 1986.

Chaix-Ruy, Jules. *Síntesis del pensamiento de Nietzsche*. Barcelona: Editorial Nova Terra, 1974.

Chamberlain, Lesley. *Nietzsche em Turim*. Rio de Janeiro: Difel, 2000.

Deleuze, Giles. *Nietzsche et la Philosophie*. 3.ed. Paris: PUF, 1999.

Drijard, André. *Alemanha, panorama histórico e cultural*. Lisboa: Publicações Don Quixote, 1972.

Escobar, Carlos Henrique. *Zaratustra (o corpo e os povos da tragédia)*. Rio de Janeiro: Sete Letras, 2000.

Frenzel, Ivo. *Nietzsche*. Hamburgo: Rowohlt, 1984.

Janz, Curt Paul. *Friedrich Nietzsche: I) infancia y juventud; II) Los diez años de Basilea; III) Los diez años de filosofo errante; IV) Los años de hundimiento*. Madrid: Alianza Editorial, 1981.

Journal of Nietzsche Studies. www.swan.ac.uk/german/fns/jns.htm, desde 1991.

Habermas, Jürgen. *O discurso filosófico da modernidade*. São Paulo: Martins Fontes, 2000.

Halévy, Daniel. *Nietzsche*. Porto: Editorial Inova, 1968.

Héber-Suffrin, Pierre. *O "Zaratustra" de Nietzsche*. Rio de Janeiro: Jorge Zahar Editor, 1991.

Heidegger, Martin. *Nietzsche, metafísica e niilismo*. Rio de Janeiro: Relume-Dumará, 2000.

Hollindrake, R. *Nietzsche e Wagner*. Rio de Janeiro: Jorge Zahar Editor, 1986.

Lefebvre, Henry. *Hegel, Marx, Nietzsche*. México: Siglo XXI Editores, 1975.

Machado, Roberto. *Zaratustra, tragédia nietzschiana*. Rio de Janeiro: Jorge Zahar Editor, 1997.

Magnus, Bernd e Higgins, Kathleen. *The Cambridge Companionto Nietzsche*. Cambridge: Cambridge University Press, 1997.

Mello, Mario Vieira de. *Nietzsche: o Sócrates de nossos tempos*. São Paulo: Edusp, 1993.

Nietzsche, Friedrich. *Werke in sechs bänden*. Munique-Viena: Carl Hanser Verlag, 1966.

Rouzeau, David. *Les corps chez Descartes et Nietzsche dissertation de philosophie*. Paris, 1994.

Ross, Werner. *Nietzsche, el águila angustiada. Una biografía*, Barcelona: Paidós, 1994.

Santos, Mario D. Ferreira. O homem que foi um campo de batalha. In: *Introdução à vontade de potência*. Porto Alegre: Globo, 1945.

Scarlet Marton. *Extravagâncias, ensaios sobre a filosofia de Nietzsche*. São Paulo: Discurso Editorial, 2000.

Türcke, Christoph. *Nietzsche e a mania da razão*. Petrópolis: Editora Vozes, 1993.

Zweig, Stephan. *A luta contra o demônio: Hölderlin – Kleist – Nietzsche*. Rio de Janeiro: Irmãos Ponghetti Editores, 1935.